낮
달

이 동 일 산 문 집

한옥 건축가 이동일의 세상짓기

낮
달

이동일 지음

처음처럼 – 여럿이 함께 – 더불어 숲

'정치가 초심을 잃으면 권력욕만 남는다.'라고 하지 않던가. 이는 비단 정치에만 해당하는 건 아니다. 인간의 삶 모든 영역에서 그렇다. 초심이란 '선한 의지'다. 그 마음이 '살아남아야 한다.'라는 현실과 만나면서 기성세대로 편입되고 일상화되고 매몰된다.

선착순에 길든 사회는 자발적 복종을 강제한다. '나'만이 존재하는 것이다. 사람은 내가 아닌 누군가를 사랑하고 그를 위해 헌신할 때 가장 행복한 존재인데 말이다. 나를 버리고 우리가 될 때, 우리 안에 내가 있을 때 '여럿이 함께' 길을 갈 수 있다.

그 길이 닿는 곳은 정상이 아니라 '작은 숲'이면 족하다. 각자 뿌리 깊은 한 그루의 나무가 되고, 그 나무들이 따로 또 같이 숲을 이루는 세상, 우정과 사랑, 환대와 연대, 돌봄과 나눔이 있는 공동체 말이다.

종교적 구원도 아니고, 이념적 지향도 아닌 인간의 길을 찾아 행인서원에 둥지를 틀었다. 신영복 선생의 '처음처럼-여럿이 함께-더불어 숲'이라는 등불을 들고 버티며, 여럿이 함께 애쓰고, 더불어 숲의 가치를 전하려 노력했다.

새들의 세상을 엿보며 성찰하고 연못과 닭, 개와 고양이를 보며 겸손과 절제를 배웠다. 아이들과 함께하며 삶의 과정에 충실해지려 했고 희망을 보고자 했다. 지난 8년여의 세월은 고되기도 했지만 가장 행복한 순간들이었다.

'무언가를 도모하려 들어 왔는데 이곳에 갇혔다.'라는 자조 섞인 한탄도 많았다. 고립된 섬처럼 느껴지는 날들 또한 많았다. 그런데 불현듯 돌아보니 내 곁에 사람들이 있었다. 보기만 해도 웃음이 절로 나는 동행자들, 어린 친구들. 그러면 되었다.

오래도록 마음속에 담았던 생태적인 삶_{인간과 자연의 공존}과 인간적인 삶_{인간과 인간의 공생}에 관한 이야기를 나누고 싶었다. 생각만큼 글이 받쳐주지 않아 아쉬움도 많지만 다 토해내고 난 것처럼 후련하다.

청소년 복지 활동가로 일하고 있는 큰딸 민혜와 매일같이 안부를 물어주는 작은 딸 민하, 반달 모양을 하고 한낮에 모습을 드러낸 수많은 낮달들에게 이 책을 바친다. 글 쓰는 동안 애정과 관심으로 함께해 준 논형출판사 소재두 대표님, 마음으로 읽어 주고 정성으로 만들어 준 이명림, 최미숙 편집자님께 감사의 인사를 드린다.

2021년 4월, 행인서원에서.
이동일

차례

새
들
의
세
상

새들의 둥지엔 이야기가 있다

올봄은 유난스레 소란하다. 여러 동의 건물 자리를 잡느라 부산했던 날들이 지나갔다. 건물 주변에 상록수와 과일나무, 꽃나무 등을 심었다. 넓은 텃밭까지 안정되자 새들이 먼저 알고 자기들의 보금자리라 재잘댄다. 아침이면 참새 소리가 요란하다. 가로등 주변에 흩어진 나방과 벌레를 먹으려 떼를 지은 참새 무리가 보인다. 기왓장 골골이 짚과 풀을 물어다 집을 지어 놓았다. 사람 집이 아니라 참새들의 아파트가 된 느낌이다.

새들은 바로 땅에 내려앉지 않는다. 나뭇가지에서 주변 정황을 충분히 살피고서야 먹이 사냥을 하든 둥지에 들든 하는 것이다. 건물 앞마다 줄지어 선 소나무가 있고 대추나무, 살구나무, 자두나무, 모과나무가 가지를 뻗고 있으니 이 얼마나 살판이 나겠는가.

1

'어이쿠, 이놈들이 또 집을 지으려는 모양이네.' 생활관 입구에 있는 우체통에 그새 나뭇가지며, 마른 풀, 나뭇잎을 수북하게 쌓아 놓았다. 그 작은 체구로 언제 이렇게 물어다 놓았는지 놀랍기만 하다. '여긴 사람 영역이야. 미안하다.' 하면서 우체통 안의 새집을 들어냈다. 이틀이 지나 우편물이 왔는지 들여다보았다. '또 지었어?' 혀를 찼다. 이번엔 '안 돼!' 하면서 다시 들어냈다. 헛수고를 계속하게 할 수 없어서 우체통 입구를 장작 토막으로 막았다.

일주일여가 지나고 이젠 다른 곳에 집을 지었겠지라는 마음으로 장작 토막을 치웠다. 한참을 잊고 지내다가 우편물을 꺼내려고 우체통 문을 열었다. 그런데 안쪽에 견고한 둥지가 만들어져 있었다. '아이고 참나.' 어쩌지 못하는 상황이었다. '여기가 제일 마음에 드나 보네. 그래, 내가 지켜주마.'

어찌하고 있는지 궁금했지만 어미가 놀랄까 봐 발소리를 죽이며 돌아다녔다. 노란 몸통에 출렁거리는 꼬리가 있는 것으로 보아 철새인 노랑 할미새인 듯했다. 지난해에 새끼를 데리고 나갔던 그 어미인지도 모르겠다. 암수가 함께 집 짓는 일을 한다는데 어느 놈이 암놈이고 어느 놈이 수놈인지 구분이 되지 않았다. 한참을 가지에 앉아 있다가 주변을 경계하며 들락날락하는 것으로 보아 알을 낳은 모양이었다. 궁금해서 손차양하고 둥지를 들여다보았다. '알이 저렇게 작아. 꼭 엄지손톱만 하네. 하나, 둘, 셋, 넷.'

어미 새는 나와 몇 번을 마주쳤는데도 해코지에 대한 염려쯤은 없다는 듯이 알 품는 일을 포기하지 않았다. 오가는 사람들이 많아서인지 어미 새들은 눈에 띄지 않았다. 불안한 마음에 안을 들여다보았다. 새끼 네 마리가 주둥이를 내밀고 어미의 먹이를 기다리고 있었다.

어미 새가 눈에 띄지 않을 땐 사람들이 슬그머니 노랑 할미새 새끼들을 들여다보곤 했다. 생태 동화작가로 알려진 이가 자랑스레 들려주는 새끼들의 탈출기는 나의 흥미를 유발하였다. "아빠 새는 둥지 맞은 편 나뭇가지에 앉아 있고, 어미 새가 둥지 앞에서 먹이로 유인하죠. 그러면 새끼들이 따라 나와요. 아빠 새가 있는 가지에 앉도록 한 다음에 새끼들을 모두 안전한 곳으로 옮기죠. 그렇게 새끼들 모두를 데리고 나가요." 감동이다. 하지만 나는 그런 장면을 직접 보지는 못했다. 어느 날 텅 빈 둥지를 보았을 뿐이었다.

2

'저놈, 저거. 또 거기다 집을 지으려는 모양이네.' 해마다 헛수고로 집을 짓는 놈들이 있었다. 쪽마루에 걸터앉으려는데 나뭇가지와 이끼 한 움큼이 수북하게 떨어져 있었다. 고개를 들어보니 영락없이 보머리가 보였다. 한옥에서 기둥과 도리, 보를 맞춤할 때 한 자 정도의 나무를 밖으로 내어 사괘가 안정성을 유지하도록 만든다. 모서리 추녀가 걸리는 부분은 사각이지만 서까래가 걸리는 부분은 각도 계산을 하며 빗각으로 다듬는다. 안쪽은 평평하지만 조금만 나오면 경사가 져 있는 것이다. 보머리 양쪽으로 서까래가 걸리면 새들이 집 짓기에 딱 좋은 공간이 된다.

　'그럴듯해 보였겠지. 밖에선 잘 보이지 않고 아늑하고. 아마도 최고의 자리를 보았다고 좋아했을 거야.' 하지만 막상 집을 지으려 하면 둥지 형태를 갖추는 순간 흘러내리는 것을. '아이고, 저 미련한 놈. 포기하고 빨리 다른 데를 찾아봐야지.' 두어 번을 실패하고도 여러 날 흘러내린 나뭇가지와 이끼들로 쪽마루가 난장이었다.

혀를 끌끌 차며 전지가위를 찾으려고 아궁이 위 선반의 연장
꽂이를 보았다. '헉!' 기가 막혔다. 야무지게 똬리를 튼 작은 둥지에
손톱만 한 알 3개가 가지런히 놓여 있었다. 어미의 온기는 없었다.
사방 10cm, 깊이 15cm 정도의 작은 상자에 앙증스럽게 알을 낳
아 놓았다. 연장 꽂이 뒤 선반 안쪽에도 둥지를 틀었던 흔적이 보였
다. 그곳에 알은 없었다. '허허, 이놈이 알을 낳고 품으려다 제 몸이
드러나는 걸 나중에야 알았구먼.' 버려진 알들에서 눈을 뗄 수가
없었다. 무심히 지나치다 혹여 하는 마음에 둥지를 들여다보니 그
사이 알 하나가 없어졌다. 포식자가 왔었다면 모두 없어졌을 텐데.
귀신이 곡할 노릇이었다.

사나흘이 지났다. 알들이 어찌 되었는지 궁금해 다시 안을 들
여다보았다. 둥지는 새털로 덮여 있었다. 알을 품었던 흔적은 없
고 마치 숨기려는 듯 덮어 둔 모습이었다. 어찌 된 일인지 궁금해서
선반 안쪽을 들여다보았다. 수도꼭지 등 여러 부속품을 울타리 삼
아 둥지를 튼 곳에 움직이는 것이 보였다. 안쪽으로 옮겨 새끼를 품
었구나 싶었다. 그런데 자세히 보니 둥지 밖으로 알이 밀려나 있었
다. '하나, 둘, 셋. 어라, 이건 뭐지? 둥지가 작아서 어미가 알을 밀어
냈나?' 수수께끼처럼 궁금증이 더해 가는데 둥지를 들여다보고는
기겁을 하고 말았다. 딱새나 노랑 할미새 어미보다도 몸집이 큰 새
끼 한 마리가 둥지에 앉아 있었다. 집 주변을 둘러보던 이가 "저놈
뻐꾸기 새끼 아니야?" 했다. '아, 탁란이구나.'

알을 품지 못하는 뻐꾸기가 비슷한 크기의 알을 낳는 딱새 같
은 새 둥지에 알을 낳는다. 먼저 깨어난 뻐꾸기 새끼는 다른 알들을
밀어낸다. 새끼 흉내를 내며 먹이를 받아먹다가 때를 기다린 뻐꾸

기 어미를 따라 날아간다는 탁란의 비밀. 다큐멘터리에서나 볼 수 있는 이 광경을 넋을 놓고 바라보았다. 여전히 딱새를 가장한 뻐꾸기 새끼는 딱새 어미에게 먹이를 받아먹기 위해 입을 벌리고 있었다. 딱새 어미에게는 얼마나 황당한 일일까마는 아이들이나 어른들은 무척 흥미진진해 했다. 모두 돌아가고 조용해진 시간에 찬찬히 다시 들여다보았다. 뻐꾸기 새끼가 방향을 바꾸어 머리를 안쪽으로 숨기고 움직이지 않았다. 미안한 마음에 발길을 돌렸다.

다음 날 오후 손님들에게 탁란 이야기를 하며 둥지를 들여다보았다. 그런데 어제까지만 해도 잘 있던 뻐꾸기 새끼가 거짓말처럼 날아가고 없었다. 어제 사람들이 돌아가고 난 뒤에 뻐꾸기 어미가 왔던 모양이다. 밤을 틈타 어미와 함께 둥지를 떠나는 뻐꾸기 새끼의 모습이 파노라마처럼 그려졌다. '고약한 세상사와 참으로 닮았네.' 혼잣말했다. '제 자식 온전히 키우지 못하고 이곳저곳에 내맡겨 놓고는 날 때가 되니까 홀랑 데리고 가다니. 인사도 없이.'

3

텃밭 옆에 약초밭을 만들었다. 천년초, 와송, 초석잠, 삼채 등을 키우는 맛에 초여름의 더위도 잊은 채 밭에 매달려 있었다. 와송 뿌리 옆에 난 새끼 모종 심을 빈 밭을 여기저기 자그마하게 마련해 두었다. 그중 하나인 은행나무 옆의 빈 밭에 크고 작은 흔적들이 패여 있었다. 무엇 때문인지 궁금하여 여러 날을 지켜보았다. 구멍들은 점점 더 커지더니 주먹 하나가 들어갈 만큼 움푹 파이기 시작했다. 날짐승들이 밤새 파놓았나 싶어 조심스러운데 아침 녘 참새들이

흙 목욕을 하는 장면과 딱 마주쳤다. '아하, 저놈들도 몸이 근질거리면 목욕을 하는구나.' 참새 서너 마리가 흩어져 흙먼지를 날리는 모습은 듣도 보도 못한 진풍경이었다.

날마다 보는 참새인데도 막상은 참새에 대해 아는 게 별로 없다. 그리고 보니 참새 집을 가까이에서 본 적도 없는 것 같다. 어렸을 때는 떼로 몰려다니면서 먹이를 먹고 한 나무에 모여서 잠자는 것을 봤었는데 막상 둥지와 새끼를 본 적은 없었다. 느티나무 아래에서 서원 한옥동을 바라보는데 참새들이 죄다 지푸라기 같은 걸 하나씩 물고는 맞배지붕 기와의 골로 날아들었다. 박공 내림마루 칸칸이 둥지 하나씩 차지한 형국이었다. 팔작지붕의 추녀 끝 망와가 있는 자리에도 어김없이 참새들이 들락거렸다. 눈을 들어 올려다보니 참새라는 말이 어울리지 않게 이층집 지붕에도 집을 지어 놓았다. 대단한 놈들이다 싶었다. '그래, 집 안에는 사람이 살고 기왓장 아래에선 너희가 살면 되지 뭐.'

올해는 이곳저곳 과일나무에 결실이 좋았다. 농약을 하지 않고는 제대로 과일 먹기 어렵다는 게 통설이지만 실한 살구가 다닥다닥 열리고, 매실이며 자두, 복분자와 대추가 주렁주렁 열매를 맺기 시작했다. 그 많은 새가 천적 노릇을 해준 덕에 벌레도 없고 농약도 없는 과일을 입에 넣을 수 있게 된 것이다.

'그래, 같이 살자.'

죽음을 넘어

1

쿵
소리가 들렸다.
신음하는 박새 한 마리

덜컥
가슴이 내려앉았다.
저놈이 왜

유리 창문에 비친 거대한 나무
쏜살같이 내려앉는다.
튕겨 나간 몸뚱이

쿵
소리가 들렸다.
내 몸뚱이 거기 널브러져 있었다.

문제는 유리창이었다. 교육장으로 지은 건물 2층 유리창 아래에 어김없이 두세 마리의 새들이 머리에 피를 흘린 채 죽어있었다. 이 장면을 처음 목격했을 때 주변의 모든 사물이 정지된 것만 같았다. 스무 살 언저리 '나'의 죽음이 떠올랐다.

그 시절 나는 '젊은 예수'를 마음에 품고 있었다. '광야의 기도-십자가-부활.' 그것은 어떻게 살아야 할 것인가를 고민하던 청년기, 나의 구원이기도 했다. 그의 뜻에 따라 쓰이겠노라 간절히 기도하고 또 기도했었다.

내 어미는 앉은뱅이였다. 한국전쟁 때 머리에 맞은 파편 때문에 머리에서는 피고름이 나고 오른편 팔다리는 마비되어 결국 앉은뱅이걸음을 하였다. 그래도 4남매를 낳고 기른 어미였다. 그 어미의 말년은 전신불수였다. 분단 조국이 남긴 절망이었다.

오로지 한 사람의 대통령만을 보았던 소년은 그의 죽음으로 '유신만이 살길이다.'라고 배우고 외쳐대던 과거로부터 배신당했음을 깨달았다. 신군부에 의해 자행된 광주의 살육은 은폐되었다. 화려한 국궁의 퍼포먼스에도 불구하고 그 민낯이 드러났다.

살인자에게 축복을 기도하는 목사들과 가난한 이들의 친구를 가장한 제사장들의 위선, 그리고 진실을 외치는 자들의 절박한 쫓김을 보았다. 그들이 끌려가고 짓밟히는 것을 보았다. 포장된 언어의 허구를 보았다.

그동안 내가 알고 있던 세상은 그저 껍데기 세상이었을 뿐이었다. 스무 살 내 인생을 물었다. 나의 첫 번째 '죽음'이었다. 신이 된 예수가 아니라 인간의 아들 예수의 삶을, 그의 십자가를 지고 가기로 했다.

이마에 피가 흐르고
부리는 깨지고
날갯죽지도 잃었다.

나무는 사라졌다.
차가운 유리 벽만이
숨통 끊어진 한 마리 새를 내려다볼 뿐

청춘의 죽음
깨진 부리처럼 흰 손가락
두 손으로 새를 안는다.

어린 자두나무 밑둥치
흙을 파고 묻는다.

너의 꿈이
다시 환영이 될지라도
나무여. 나무여. 나무여.

덩치 큰 새 한 마리가 창문 저 멀리 튕겨나 있었다. 얼마나 힘껏
들이받았는지 부리며 날갯죽지가 온통 핏자국이었다. 산비둘기
도 아니고 암꿩도 아니었다. 직박구리인가? 들이받친 창문은 아
무 일 없다는 듯 연초록의 느티나무 잎들을 반사하고 있었다.
　이 터를 마음에 들인 것은 서원 마당의 한가운데에 서 있는 저
느티나무 때문이었다. 느티나무를 중심으로 모든 건물을 배치했

다. 그건 역사였고 이곳에서 만들어 갈 나의 미래라고 생각했다. 느티나무 맞은편 건물의 창문 유리창 앞에서 널브러진 내 '청춘의 죽음'과 맞닥뜨린 것이다.

대학 생활 4년을 거리에서 보냈다. 겁 많고 소심했지만 죽을 힘을 다해 두려움에 맞섰다. 3학년 가을 민정당 중앙당사 점거 농성 사건으로 구속되었다. 4학년 말에는 민주회복투쟁위원회 사건으로 수배를 받았다. 이적단체로 규정된 국가보안법 위반 사건이었다.

서울대 박종철이 고문으로 죽어갈 즈음 나는 시경 대공 분실에 있었다. 사방이 온통 빨간 방음벽에 갇혀 욕조에 떨어지는 물소리를 들으며 조사를 받았다. 나는 무릎 꿇린 채로 4명의 조사관에게 정강이를 차이고 밟혔다. 다리를 절며 구치소로 옮겨졌을 때 오히려 안도의 한숨을 내쉴 수 있었다. 절망 같은 청춘을 지나왔다.

아버지는 마지막으로 막내 얼굴 한번 보겠다고 전신불수된 엄마를 업고 면회를 왔다. 아버지를 원망하며 반성문을 쓰고 항소심에서 집행유예로 나왔다. 엄마를 보내기 전까지는 곁에서 지키겠노라 했다. 요시찰 대상이 된 나는 개를 기르며 감시의 눈을 피하고 밤에는 야학 친구들과 인근 대학생들을 모아 공부를 하고 현장을 준비했다. 6월 항쟁과 7, 8, 9월 노동 대투쟁을 맞았다. 종철이를 보내고, 한열이를 보냈다.

서점으로 시작해 독서회, 청년회, 노동 상담소에 이르기까지 어느 조직에도 속하지 않고 홀로 길을 걸었다. 자고 일어나면 새로운 깃발들이 나부꼈다. 민족해방을 운동 노선으로 표방한 NL과 노동해방을 운동 노선으로 표방한 PD로 운동 조직은 선명하게 분

화했다. 87년 대항쟁으로 얻어낸 민중의 승리를 고스란히 말아먹은 김영삼과 김대중이 그러했듯.

물꼬 터진 장강이 멈추는 법은 없다. 운동권의 준비를 넘어 대중은 임금인상 투쟁을 계기로 어용 노조 민주화와 민주노조 설립 투쟁의 한가운데에 있었고, 작은 이 지역에서도 3개 사업장이 공동파업을 진행하고 있었다. 문익환 목사의 방북을 빌미로 조성된 공안 통치에서도 말이다.

배후로 지목된 나는 공안합수부에 의해 사전 구속영장이 떨어졌고 예상은 했지만 피하지 않았다. 그렇게 또 잡혀갔고 쌓아 놓은 토대들이 무너졌다. 긴 여정의 짧은 휴식일지 모른다는 생각을 했다. 그리고는 NL도 아니고 PD도 아닌 현장 중심의 활동가 조직으로 복귀를 결정했다.

어찌 변혁 운동이 한 개인의 자발성에 머무르겠는가. 결국은 조직 운동이다 싶었다. 정파의 패권싸움에 휘말리고 싶지는 않았지만, 운동 노선을 바로 잡아야 혁명에 다다를 수 있다는 고전에 충실하기로 했다. 그렇게 책임이 무거워지고 인정받으며 조직의 입장을 수호하기 위해 온 힘을 다했다.

몰락은 내부로부터 온다. 외부의 적이 아무리 강하다 할지라도 '목숨' 걸 준비가 되어있는 자들에겐 무너뜨려야 할 그 무엇에 지나지 않는다. 87년 6월 민주화 항쟁과 7, 8, 9월 노동투쟁으로 민주화운동세력의 힘이 커지고, 그에 따른 정치 공간이 열리면서 변혁 운동 내부는 드러나지 않았던 성향과 욕망이 뒤얽혀 패권경쟁으로 판이 바뀌었다.

제도권으로의 진입. 민주대연합론을 앞세우거나 독자정당 건

설을 앞세우거나 그들은 더는 제도권 밖의 투사로 남기를 원하지 않았다. 그것은 또한 지금까지의 전력에 대한 보상이기도 했다. 현실 사회주의의 몰락, 각 정파가 판단하는 권력 지형의 변화에 따른 발 빠른 대처이기도 했다. 주된 전선은 이제 내부 투쟁일 수밖에 없었다.

'변혁 운동의 혁신'이라는 화두를 안고 치열한 논쟁을 시작했다. 아니, 혁신할 것을 요구받았다. '자아비판'과 '상호비판' 그 검열의 과정에서 상부에 대해서는 기회주의적이고, 하부에 대해서는 관료적인 조직의 정체성을 보았다. 현실 사회주의 국가가 몰락한 바로 그 지점을.

레닌과 모택동이 되려는 각 정파의 많은 지도자가 조직을 자기화하면서 '민주 집중제'라는 본연의 조직원리는 사라졌다. 성찰은 사라지고, 동지적 연대는 금이 갔다. 오직 조직 보존과 패권경쟁에서 살아남기 위한 책략만이 남아있을 뿐이었다.

떠나기로 했다. 조직은 더 나의 힘을 북돋는 원천이 아니라 나를 갉아먹는 멍에였다. 그러나 지도부의 구성원이었던 나는 그만두기도 쉽지 않았다. 떠나면서 제기했던 문제들은 지도부에 큰 타격을 주었고 후유증도 만만치 않았다.

개인적인 물러남이었음에도 파장은 오래갔다. 구성원들의 집단적 문제 제기로 이어지자 그 불똥은 다시 내게로 왔다. 지도부 책임자와 각 지역 책임자 십여 명이 떼로 몰려와 반성과 복귀를 종용했다. 지나온 과정을 소환하며 비겁자와 개인주의자로 몰아갔다. 대응하다 집단 린치를 당하기도 했다. 그렇게 한 달여가 지나갔다.

온 생을 바쳐 이루려 했던 평등하고 평화로운 세상에 대한 꿈
은 그렇게 저물었다. 청춘의 죽음이었다.

3

세월 지나
듣는 귀가 열린 한 소녀가
자두나무 앞에서 박새의 소리를 들을 거네.

소녀야. 나는 역사를 민중의 혁명사로 보았어.
유리 벽에 부딪히는 순간
인간의 역사는 배반의 역사라는 걸 알았지

자두나무 거름이 된 순간에야
다 잃었을 때
다시 시작되는 생명을 보았어.

두꺼비가 뱀 앞에 이르러
스스로 먹이가 된 후
새끼들을 세상으로 내보내듯 말이야.

슬픔에 찬 소녀는 묻겠지
그냥 그 나무에 앉아 있지
그림자에 왜 마음을 빼앗겼느냐고

그림자. 그건 그림자가 아니야
다른 세상이지
반사된 실체 없는 실체인 거야

햇빛과 바람과 나무의 조화가 이루어낸
共有.共生.共存.
그 세상을 날고 있는 한 마리 새.

경쟁하지 않아도 내 자리가 있어.
악다구니 쓰면서 먹이 경쟁을 하지 않아도
필요한 만큼 나누어 쓰는 세상에 대한 꿈

우정과 사랑, 환대와 연대, 돌봄과 나눔
인간의 가치가 피어나는 그런 세상 말이야.

스스로 선택한 첫 번째 하산이었다. 한동안의 칩거를 끝내고
일상으로 돌아왔다. 오랜 시간 다른 이의 이름으로 살아왔던 비합
법적 은둔생활에서 먹고 살기 위해 내 이름을 되찾았다. 1996년.
아버지가 쌓아 놓은 재산을 종자 삼아 선배들과 시작한 건축업은
채 3년을 가지 못하고 IMF 파고에 휩쓸려 파산했다.

그 시기에 나는 그동안 내가 비판해 왔던 천박한 자본주의의
기업 성장 과정을 그대로 답습했다. 인맥을 찾아 줄을 대고 은행 대
출로 사업을 키웠다. 대출 은행과 인허가 부서 담당자들에게 접대
하고 광고비와 홍보비를 아끼지 않았다. 그렇게 전원주택 시장의
촉망받는 기업으로 이름을 올리던 1998년. 모래 위의 성이었음을
증명이라도 하듯 IMF 연쇄 부도를 피하지 못했다.

바닥이었다. 모든 것을 잃었다. 갓 태어난 둘째 아이가 아니었
다면 나는 생의 끈을 놓았을지도 모른다. 아비가 되고서야 세상 무서
운 줄 알았다. 그때 그 절망에서 나를 일으킨 것은 아이들을 지켜야
한다는 절박함과 '현장' 속에서 다시 찾은 '나'였다. 누구에게도 머

리 숙이지 않고 당당했던 청춘의 삶을 돌아보았다. 삶을 운동으로 이상을 현실로 만드는 과정 그 자체가 바로 혁명이겠구나 싶었다.

서구화된 전원주택 목조시장판에서 우리 살림집을 되살린 현대 흙집, 현대 한옥이라는 정체성으로 방향을 잡았다. 현대인의 삶에 맞는 공간 구성과 그에 맞는 건축 소재를 결합하면서 우리 살림집이 가진 정서와 지혜들을 담아냈다. 처음엔 어설펐지만 현장에서 하나하나 실마리를 찾아가며 형태를 갖추는데 5년여의 세월이 걸렸다.

'노가다 밥상'이었다. 현장 한구석에 점심상을 차리고, 판자를 깔고 낮잠을 잤다. 남들보다 먼저 현장에 도착하고 마지막까지 남아 뒷마무리를 하고 귀가했다. 명색이 회사 대표였지만 현장에선 그저 잡부에 지나지 않았다. 자재를 준비하고 분류하는 일부터 청소하는 일까지 집 짓는 현장은 내게 또 다른 삶터가 되었다.

현장 일이 끝나고 사무실에 들렀다 가는 늦은 귀가. 아이들이 어렸을 땐 과자와 술병이 든 검은 봉지를 들고 집으로 돌아가는 시간이 참으로 행복했다. 늦은 저녁을 먹고 아이들에게 동화책을 읽어 주고 자장가를 불러주었다. 아이들이 자라고 지방으로 몇 달씩 현장 생활을 이어갔다. 자연히 협력업체 목수들과 일꾼들이 가족이고 친구였다.

집 짓는 일이란 것이 설계만으로 되는 것이 아니다. 집주인의 생각과 전 공정을 꿰고 있는 시공업체와 협력업체가 함께 만들어 내는 공동작품이다. 계약관계이기에 서로에 대한 믿음과 신뢰가 없다면 상호 이익을 위한 분쟁만 남을 뿐이다.

건축 시장의 관행을 바꾸어 '건축주, 시공사, 현장 일꾼' 3자

가 집을 짓는 공동 주체라는 인식은 서로에게 만족감을 안겨주었
다. 한 시기, 하나의 현장에 전적으로 집중하면서 가능하게 된 일
이었다. 건축주의 요구를 설계와 견적에 반영하고 변화되는 요
구를 현장에서 수용했다. 현장 일꾼들과 같이 공정을 의논하고
조정했다. 숙소에서 함께 먹고 자며 일하는 과정에서 인간적 신
뢰가 쌓여갔다.

그때 비로소 신영복 선생님이 말씀하시던 '처음처럼', '여럿이
함께', '더불어 숲'이라는 단락들이 문맥으로 이어졌다. 버텨왔다
고 생각했는데 삶을 살아낸 것이었다. 청춘의 죽음에서 시작해 잠
깐의 외도를 거쳐 삶이 뭔지 깨달아 가는 순간이었다. 독립된 공간

을 만들자는 꿈이 생겼다. 각자 뿌리 깊은 한 그루의 나무가 되고, 그 나무들이 따로 또 같이 숲을 이루는 세상, 종교와 이념에 갇히지 않는 인간의 길을 찾아가는 이정표를 세워보자 했다.

그렇게 공부하고 준비한 6년여의 작업 끝에 사람들을 모아 행인서원을 개원했다. 2013년, 시작은 혼자였지만 늘 사람들과 함께 가고자 했다. 중고등 대안학교로부터 시작하자고 했던 일이 어렵게 되면서 사람들이 떠났고 곁을 지키고 있던 아내도 떠났다.

시간표에 차질이 생겼다. 5년여 업을 계속해 행인서원 완공 막판에 짊어진 빚을 어느 정도 청산하고 죽을 자리 찾아 들어오고자 했건만 또다시 혼자가 되었다. 건축업을 접고 적막한 행인서원에 홀로 남았다. 두렵지는 않았다. 어쩌면 전생을 이곳을 준비하며 살아온 것일지도 모른다는 생각을 했다.

농사지을 땅 1000여 평을 임대했다. 닭장을 크게 넓혀 농사짓고 닭 키우고, 그렇게 이 터에서 뿌리내리고자 했다. 인근의 공립 대안 고등학교 '노작과 자연' 수업의 강사를 맡게 되었고 인근 지역의 배움터 인문학 수업도 시작했다. 청소년 관련 단체와 기관 선생님들의 공부 모임에도 합류하고 지역의 농민운동단체와 교류도 이어갔다. 가면 길이 될 것이라고 믿었다.

20여 년의 세월이 주마등처럼 스쳐 지나갔다. 저 나뒹굴고 있는 새의 죽음은 그냥 죽음이 아니었다. 과거의 죽음일 뿐. 하늘은 그저 파랗고 느티나무는 사계절의 순환 속에 늘 그렇듯 자리를 지키고 있었다. 새는 다시 날 것이다. 그의 하늘과 그의 나무가 있기에.

때마침, 어버이날에 맞추어 작은딸에게 장문의 문자가 도착했다.

"언제나 내 아픔에 귀 기울여 주고

아빠의 아픔도 조금이나마 털어놓아 줘서 정말 고마워요.

요즘 들어 부모님을 참 잘 만나야 한다는 것을 많이 느껴요.

그걸 느끼면서 내가 살아갈 때

내가 잘나서 바르게 살아가고 있는 게 아니라

나도 모르는 사이에 자리 잡은 생각이나 가치관 덕분에

그렇게 살아가는 것 같아 참 감사해요.

무언가 물질적인 후원을 못 해주는 것 같아 미안해하는

아빠의 모습이 보일 때가 있어요.

나는 당당히 말할 수 있어요.

그 어떤 부자의 딸보다 잘살고 있다고.

부모가 다 떠먹여 주는 삶보다

먼저 산 삶을 보여주고

아직도 도전하고 있음을 보여주는

넘어져도 차근차근 수 쓰지 않고

올라오는 길을 보여주는 부모가

진짜 존경할 만한 부모가 아닐까 생각해요.

그러니까 혹시라도 미안해하지 말고

서로에게 더 귀 기울이며 친구처럼, 스승처럼

서로 존중하고 존경하며 함께 걸어요.

늘 정말 감사하고 표현하는 것 이상으로 사랑해요. 아빠.

훅, 눈물이 솟았다. '이제 죽어도 여한이 없겠어.'

쿵
소리가 들렸다.
깨어나는 박새 한 마리

덜컥
가슴이 내려앉았다.
이놈이 살았네.

그리고 보았다.
유리 창문에 비친 거대한 나무
떼 지어 날아드는 새들의 날갯짓

쿵 쿵 쿵
소리가 들렸다.
벽을 부수고 비상하는 새들의 날갯짓

새들을 보고 있노라면 현실감이 떨어진다. 지상이 아닌 천상의 세계를 보는 듯하다. 땅에 발붙이고 사는 목숨과는 다른 몽환, 죽음의 저편에 펼쳐진 또 다른 세계. 그래서 새의 죽음은 죽음 그 자체가 아니라 이승을 떠나 저승으로 가기 전, 또 다른 시간을 암시하는 그 무엇과도 같다는 생각을 하게 한다. 남은 자들이 기억하는 이별의 시간 말이다.

골목대장이 떠났다. 어린이 캠프 때마다 풍물과 가락으로 흥을 돋워내며, 사람들이 떠난 그 자리를 묵묵히 지켜주었던 동반자였다. 남편과의 불화설이 뒤늦게 알려졌다. 그래도 그리 허망하게 떠나갈 줄 그 누가 알았겠는가.

나이 엇비슷한 아랫집 마을 이장이 떠났다. 농기계 하나 없이 천여 평의 땅을 임대해 삽과 낫, 호미만으로 농사짓던 내게 자신 몫으로 나온 거름을 트랙터로 펴 주고는 며칠 후 이랑을 만들어 주겠노라 하더니 폭음을 하고 속절없이 떠나갔다.

사랑하는 이를 따라 시골에 내려와 천생의 놀이꾼으로 살아낸 연극쟁이가 있었다. 정월 대보름 길놀이에 마을 사람들을 들었다 놓았던 신명. 골목대장과 합을 맞춰 어린이 캠프를 진행했던 그가 루게릭병을 만나 서서히 몸이 굳어가고 있었다. 골목대장이 떠난 자리에 지팡이를 짚고 아이들의 캠프를 멀리서 지켜보던 이. 요양원에서 숨을 거뒀다.

노작과 자연 수업에서 만난 열일곱 살의 아이가 있었다. 수더분하고 웃는 모습이 예뻤던 여자아이였다. 2학기 수행평가 감상문에 관한 이야기를 나눈 여운이 채 가시기도 전에 머물던 할머니 집 근처의 어느 건물에서 몸을 던졌다고 한다. 작고 여린 박새가 창문에 머리를 부딪치듯.

앉은뱅이 어미를 보낸 지 삼십여 년, 삼팔따라지 아비를 보낸 지 이십 오 년여. 시간이 지나도 보내지지 않았다. 그런데 자식을 먼저 보낸 부모의 마음은 어떠할까. 세월호 참사로 떠난 이들을 기리며 세월호 리본을 형상화한 채송화 꽃밭을 만들었다. 꽃밭을 둘러싼 솟대는 살아남은 자들의 마음을 하늘로 전할 수 있을까.

왼손 팔목에 수없이 그어진 자해 흔적, '살려고 하는 사람들이나 애쓰는 법'이라고. '아무래도 상관없다'라고. '죽는 날만 기다린다.'라고. 삶과 죽음의 경계에 선 아이들을 바라보면서 오늘도 나는 무수한 박새의 죽음을 떠올린다.

한 생 동안 우리는 수없이 죽고 또 산다. 청소년기에, 청춘 시절에, 그리고 중년의 시간에. 죽음을 딛고 서지 못하면 그것으로 생은 끝나는 것이다. 구부러진 부리, 찢어진 날개깃을 다시 추스르며 다음의 죽음을 만나기 전까지 또 그렇게 살아내는 것이다.

환영幻影의 유리창 아래 피투성이가 된 자기의 죽음을 목도하는 자, 그 죽음에서 놓여나 다시 남은 생을 쓰는 자. 그는 자유인이다. 더 날아오르기를 멈추고 낮게 날고 살피며 보듬는 처음의 세상. 나를 떠난 나는 나를 내려다볼 수 있기에. 한 마리 작은 새여.

처음 같은 아침이다. 멀리 물안개 피어오르는 저수지 산등성이에 새들의 울음소리가 가깝다. 이 소나무에서 저 소나무로 저 소나무에서 이 소나무로 분주하게 움직이는 한 쌍의 작은 새. 곤줄박이다. 무엇에 홀린 듯 손을 내밀었다. 두 마리가 번갈아 가며 손바닥 위에 앉는다. 그렇게 한참을 지저귀며 맴돈다. 모든 배경이 사라지고 나와 곤줄박이만 보인다. 빛과 함께 물소리처럼 맑은 음악이 흐른다. 내 죽어간 영혼들이 별이 되는 순간이다.

연못 풍경

연못 안의 작은 세상

1

작은 연못 하나가 이토록 삶을 풍요롭게 할 줄은 몰랐다. 집터를 닦던 중 현관 쪽 안마당 자리의 산자락에서 샘물이 솟는 것을 보았다. 한 귀퉁이에 웅덩이를 파고 터에서 나온 돌들로 테두리를 둘러 자연 연못을 만들었다. 물이 차오르고 형태를 갖춘 지 몇 해. 폭우로 두 번이나 연못물이 넘쳤다. 배수로를 보강하고 주변을 단장했더니 아늑한 공간이 되었다.

지난겨울은 그리 춥지 않아 연못도 꽁꽁 얼지는 않았다. 집 짓는 일을 같이하던 팀들이 낚시하여 넣은 아이 팔뚝만 한 잉어와 손바닥만 한 붕어 몇 마리, 윗집 스님이 방생해 준 금붕어 십여 마리가 봄 햇살에 모습을 드러냈다. '살아있었구나.' 반가운 마음에 쭈그리고 앉아 말을 걸었다.

물고기들이 겨울을 날 수 있었던 것은 아마도 작은 동굴 덕일 것이다. 연못 한 귀퉁이에 자라고 있는 갈대와 창포의 아랫부분이 물고기들의 아지트가 된 것이다. 물에 잠긴 아래쪽의 돌들로 물고기 집을 짓고 그 위에 잔돌과 흙을 얹어 수생 식물을 심었다. 동굴은 갈대 뿌리에 덮인 아늑한 은신처가 된 셈이다.

사람 키만큼이나 무성한 갈대는 여름엔 더위를 식혀주고 겨울엔 동면하는 물고기들의 피신처가 되어 준다. 갈대가 너무 번성하여 더는 번지지 않도록 여러 번 손을 봐야 했지만 작은 연못의 갈대는 뭇 생명을 품어 주는 허브 역할을 톡톡히 하고 있다.

갈대의 묵은 줄기를 잘라낸 곳에 파릇이 새싹이 돋고, 창포가 난초 잎 같은 줄기를 세차게 뻗어 올리는 순간, 돌단풍과 노루오줌, 바위취도 일시에 기지개를 켠다. 날아와 씨를 묻은 제비꽃들이 보라색과 흰색으로 수를 놓는다.

경사지에 마련한 터라 집과 연못의 뒷자락은 사람 한 길 반이나 넘게 자연석을 쌓아 올렸다. 거친 돌들이 삭막하여 담쟁이를 심었다. 돌담 전체가 담쟁이 넝쿨로 덮였다. 잎 다 떨군 겨울에는 줄기만 앙상하지만 봄부터 꽃잎처럼 겹겹이 잎을 피우기 시작하면 한여름의 담쟁이덩굴은 폭포처럼 시원했다.

크고 작은 금붕어가 어우러져 군무를 추고 잉어와 붕어들이 그 둘레로 원을 그리며 호위를 하고 있다. 세상이 저 만만했으면.

2

'경칩도 안 지났는데 개구리가 벌써 겨울잠을 깼나 봐.' 했다. 빨리 찾아온 봄기운에 몸을 드러낸 참개구리가 어디론가 사라진 후 여러 마리의 무당개구리가 한꺼번에 모습을 드러냈다. 무당개구리 울음소리가 한동안 소란스럽더니 그도 멈췄다. '이곳은 알을 낳을

곳이 못 되는 걸 알았구나.'

야트막하게 파인 물웅덩이는 개구리들이 알주머니를 풀어 놓기에 좋은 곳이지만 물고기가 사는 연못에는 알주머니를 풀어 놓는다고 해도 생존확률이 거의 없다. 모두 물고기들의 밥이 되는 모양이다. 꼬마 친구들이 어디선가 개구리 알주머니를 연못에 옮겨 놓았는데 며칠 만에 자취도 없이 사라졌던 기억이 떠올랐다.

연못에서 넘친 물을 아랫단 터에서 받아 텃밭과 미나리 도랑으로 흘러갈 수 있도록 통을 두었다. 그곳으로 어미 개구리들이 모두 이사를 왔던 모양이다. 개구리 알주머니가 넘치도록 쌓이더니 거짓말처럼 올챙이들이 바글거렸다.

'아따 저놈들이 다 개구리가 되면 터가 모두 점령되겠는데.' 하지만 그런 일은 벌어지지 않을 것이다. 저 많은 개구리 알 중에 올챙이가 되고 개구리가 되어 한 생을 다 살아낼 놈들은 그리 많지 않을 것이다. 한줄기 소나기로 통이 넘쳐나자 흘러넘친 올챙이들이 바닥에서 몸부림을 쳤다.

며칠이 지나 통을 들여다보니 알주머니 형체는 없고 여기저기에 무당개구리들만 보였다. 천적을 피해갈 수 있는 외형이 생존의 조건을 확보한 듯 보였다. 참개구리들은 쉬 모습을 보이지 않고 풀숲에 몸을 숨기고 있었다. 초여름에 접어드는 때 텃밭의 풀을 한창 매고 있는데 엉덩이를 땅속에 반쯤 묻고 '나 여기 없다'라는 듯 숨죽이고 있는 참개구리를 만났다. 그 순간 나도 모르게 '훗….' 웃음이 나왔다. '이놈 봐라.' 땡볕에 체온을 조절하는 것일까. 천적에게 노출되지 않도록 경계하면서 벌레가 날아들기를 기다리는 것일까.

무당개구리는 팔딱팔딱 뛰지 않는다. 무서울 거 없다는 듯, 피하지 않고 마주 선 놈의 눈을 찾기가 어려웠다. 온몸이 검은 점박이 속에 감추어져 눈동자를 구분하기 어려웠다. 딱 마주친 참개구리 눈은 아침 이슬처럼 영롱했다. 금방이라도 툭 튀어나올 듯 까만 눈동자는 해맑은 아기를 보는 기분이었다. '참개구리가 높이뛰기 하듯 껑충껑충 뛰어가더라고. 방향을 이리저리 조정하면서. 잠시 뒤에 보니까 풀을 가르며 뱀 한 마리가 뒤를 쫓고 있더라고.' 그 말을 듣는 순간 나는 왜 울컥했을까.

3

초여름 따가운 햇볕에 연못이 부산하다. 어찌 알고 이곳까지 왔을까. 몸집을 키운 개구리들이 삶터로 찾아 들었다. 무당개구리들은 이미 연못 주변의 여기저기에 출현 중이었고, 연못 주변을 한 바퀴 산책이라도 할라치면 풍덩 풍덩 소리가 요란했다. 풀숲에 숨어 있던 참개구리가 연못 속으로 뛰어들었다.

오전 나절 참개구리가 따사로운 햇살을 받으며 수련 잎 위에도 돌 틈에도 떼를 지어 있었다. 맑은 물살을 가르는 잉어와 금붕어 사이로 아직은 숨 가쁜 헤엄을 쳤다. 쪽마루에 걸터앉아 연못을 바라보고 있으면 참 평안했다. 풍경을 안주 삼아 막걸리 한 잔을 걸치고 뙤약볕 아래 호미를 들고 나섰다.

여름날 농부는 새벽같이 밭에 나가 김을 매고 한낮 땡볕에는 나서지 않는 법인데 초짜 농부는 토박이 농부가 밭에서 돌아올 시간에 나가 점심시간을 훌쩍 넘기고서야 흙투성이 농부 행세를 하며 집으로 든다. 연못 앞 쪽마루에 앉아 담배 한 개비를 무는데 연못 저편에서 한기가 느껴졌다. 풀들이 갈라지며 석축 단 돌 틈으로 바람이 일었다. 무언가 움직였다. '뭐야?' 하는 순간 몸통 앞부분에 검은색과 붉은색이 섞여 있는 유혈목이가 '쉭-쉭' 소리를 내며 모습을 드러냈다.

'날이 좋아 먹이 사냥 나왔구먼.' 하며 연못을 살펴보니 아침나절 그 많던 참개구리들이 흔적도 없었다. 이젠 이력이 나서 뱀들이 나타나도 예전처럼 다리가 후들거리지도 않는다. 현관 옆에 세워둔 작대기를 들고 다가서는데 그 긴 몸통을 돌 틈에 숨기고 혀만 날름거렸다. 위협을 느낀 듯 머리를 들이밀고 움직임이 없었다. 놈을 두고는 마음 한편이 찜찜해서 연못 산책을 못 할 것 같았다. 점심 생각이 간절했지만 기다리기로 했다. 적막 속에서 방향을 돌린 뱀의 머리가 움직이기 시작했다. 아주 낮은 자세로 기다리다가 조용히 다가가 있는 힘껏 작대기를 내리쳤다. 생전의 거만함은 사라지고 축 늘어진 몸뚱이만 남았다.

그 일이 있고 잠깐의 평화가 찾아왔다. 뙤약볕을 피해 잠시 쪽마루에 앉는데 퐁당퐁당 참개구리 한 마리가 물 위를 뛰다시피 맞은 편 자락으로 갔다. 천적을 피하는 당황스러움이 고스란히 느껴졌다. 이번에는 연못 밖이 아니라 연못 안의 커다란 돌 틈이었다. 머리는 보이지 않고 스르르 몸통만 절묘하게 먹이를 찾아 이동하고 있었다. 작대기를 들었으나 적당하지 않았다. 연못 속에 은신한 지 오래인 듯 능숙하게 이동하며 밖의 정황을 탐지하는 듯했다. 맞은편 돌 틈을 겨냥하고 돌을 들었으나 머리와 혀만 보이니 자신이 없었다. 끝내 그날은 기회를 놓쳤다.

'저도 먹고살겠다고 하는 일인데.' 하면서도 당장 위협이 되니 마음이 뒤숭숭했다. 연못 주변으로는 발길이 떨어지지 않았다. 소나기가 오고 나면 몸을 말리려 모습을 드러내기 마련인데 한 달여 간 놈은 보이지 않았다. '나간 모양이네' 하면서 마음을 놓으려는데 그때 그 자리에서 놈이 움직이기 시작했다. '아이고, 그놈 참 인내심이 대단하구먼.' 그놈도 그렇게 생을 마감했다.

4

참개구리들에게도 나에게도 다시 평화가 찾아 들었다. 신통하게도 뱀이 나가고 나면 다람쥐들의 모습도 보였다. 꼬리를 하늘로 쳐들고 작은 잎으로 오물오물 물을 마시는 모습에 절로 미소가 번졌다.

연못 안쪽 구석 두 군데에 돌을 쌓아 올리고 진흙을 넣어 지인이 보내준 수련을 심은 지 서너 해가 지났다. 수련은 수위에 맞추어 잎을 띄우는데 뿌리가 보일 정도로 물이 줄었다. 그래도 올해는 수련 잎이 제대로 연못을 덮어가고 있었다.

흔히 개구리 연이라고 말하듯 연잎에 올라앉은 개구리 모습은 부처가 따로 없어 보였다. 일반 연과 달리 몸을 세우지 않고 물 위에 자신을 내어 맡긴 채 퍼져 나간 연잎 사이로 꽃대 하나가 고개를 내밀었다. 아침나절 봉우리가 개화를 준비하듯 수줍게 잎을 여는가 싶더니 빛의 속도로 꽃잎들을 펼쳐냈다. 연분홍 날개를 펼치는데 가운데에선 순정한 흰빛이 돌았다. 나도 모르게 두 손 모으며 '수련 꽃이 피다.' 속말을 했다.

내달리듯 길게 늘인 연잎에 사뿐히 얹히듯 피어 문 한 송이 수련. 날 어둡고 흐리면 봉우리 닫아 자신을 경계하고, 환한 빛으로 밝아지면 함박웃음을 터트리는 것이다. 그것이 징표인 양 가뭄 해갈의 한줄기 소나기가 세차게 내리부었다. 미처 꽃잎 닫지 못하고, 아니 온몸을 스스로 내맡긴 듯 의연히 장대비를 피하지 않고 있었다. '어머나' 하는 순간 소나기로 불어난 연못물에 수련이 잠기고 있었다. 비를 기다리며 마른 물 수위에 맞추어 꽃대를 올렸건만 그 순간 자신은 물 아래로 사라져 버리는 운명이 되었다.

목울대가 울음을 참고 있었다. 분홍 수련 사라진 자리에 여운이 남았다. 바로 옆에서 그가 그랬던 것처럼 꽃대 세우고 딱 그만큼의 물 높이에 맞추고 하얀 꽃잎을 차례차례 열었다. 가운데 꽃잎에 연분홍빛 미소가 번졌다. '그물에도 걸리지 않는 바람처럼' '초연히 살다 간 그이를 추모하는 국화처럼.'

5

'물고기가 자꾸 줄어드네.' 금붕어 수가 반으로 줄었다. 작은 새끼들 서너 마리와 중간 정도 크기의 금붕어가 사라졌다. 얼마 전엔 손바닥만 한 붕어 한 마리가 머리만 남은 상태로 연못가에 나뒹굴었다. '살쾡이 같은 산짐승 손을 타나?' 했는데 늦은 밤 소변을 보러 가던 중 검은 물체를 발견했다. 사람 소리에 갈대가 있는 연못 아랫단에서 마당으로 올라서는 놈. 고양이였다.

'저놈이 범인이로구먼.' 하며 돌을 집어 혼내주려는데 포스가 범상치 않았다. 나의 방해로 사냥에 실패했다는 듯 야생동물처럼 금방이라도 덤벼들 듯하더니 쓱 돌아보고는 몇 걸음 가다가 또 돌아다 봤다. 작은 머리부터 유연한 몸뚱이, 치켜든 꼬리가 밤기운을 타고 서늘하게 느껴졌다.

이것이 자연의 순리인가. 생태계의 순환인가. 개구리와 뱀, 물고기와 고양이. 그들을 둘러싼 먹이사슬은 인간의 눈으로 재단할 그 무엇이 아닌 듯했다. 하지만 늘 먹힘을 당하는 것들에 대한 연민은 지워지지 않았다.

물고기들이 많이 늘었다. 자세히 보니 계곡 냇가에 사는 피라미와 비슷하게 생긴 갈겨니 서너 마리가 보였다. 물놀이를 갔던 아이들이 쪽대로 잡아넣은 놈들이었다. 갈겨니는 성질이 급해서 연못에서는 오래 못 사는 녀석이다. 소나기로 새 물 받은 연못은 바닥까지 드러나게 맑았다. 점잖게 떼 지어 유영하는 잉어와 금붕어 사이를 갈겨니들이 헤집고 다녔다. 물 위로 몸을 날리며 흰색 비늘을 반사했다. 두세 마리가 합세해 물길을 타고 오르듯 쉼 없이 연못 안을 맴돌았다. 흐르는 물속에 살던 놈들이 얼마나 갑갑할까?

변화는 계속 이어졌다. 낚시 좋아하는 이가 풀어 놓고 간 아이 팔뚝만 한 붕어가 터줏대감 잉어와 일합을 겨루더니 한 방향으로 어깨를 나란히 했다. 함께 이사 온 작은 붕어들은 금붕어와 짝이 되어 색깔의 조화가 보기 좋았다. 텃밭에서 올라오는 길목. '뭔 일이랴?' 눈을 뗄 수 없는 움직임을 포착했다. 머리에 흰점이 있는 금붕어와 몸 전체가 붉은 금붕어가 한 쌍이 되어 온 연못을 돌아치고 있었다. 얼마나 사랑스러운지 내 몸이 다 뜨거웠다. 배를 드러내며 갈대 언저리와 수련 잎 주변에 알을 낳는 모양이었다. 숨 가쁘 맞이하는 저 절정의 순간. 생명의 영원함이여.

가뭄 끝의 장맛비에 밤새 연못물이 불었다. 수면에 딱 맞추어 피었던 수련 꽃들이 물에 반쯤 잠겼다. 그 언저리에 작은 붕어 한 마리가 배를 드러냈다가 수면 아래로 가라앉기를 여러 번. 밤새 치명상을 입었는지 숨이 넘어가는 모양이었다. 그때 금붕어 한 마리가 붕어 옆에 착 달라붙어 그놈 몸을 일으켜 세우려 안간힘을 썼다. 스러져 가는 생명을 보듬어 안는 생명 공동체. 작은 세상이여. 내 마음이 어쩌지 못하고 자꾸만 연못 속으로 빨려 들어갔다.

수련과 어리연, 어리연과 부들

추석 전후로 두세 번의 태풍이 불었다. 태풍은 온 천지를 뒤숭숭하게 만들었다. 연못물도 차고 넘쳤다. 태풍이 지나간 후에는 거짓말같이 맑은 가을 하늘이 계속되었다. 늦가을부터는 연못의 수위가 내려가기 시작했다. 그렇게 수위가 내려간 상태로 겨울을 맞았다. 그해 겨울은 몹시 추웠다.

1

'꽁꽁 얼었네!' 사람들이 조심스럽게 연못의 얼음판 위로 올라서서 쿵쿵 뛰기 시작했다. 아이들은 돌을 들어 얼음을 깨려 하였다. '물고기들이 놀라겠다.' 하면서도 그냥 두었다. 한겨울 얼어붙은 냇가에서 썰매를 타고 스케이트를 타던 어린 시절이 눈에 선하게 다가왔다. 얼음판 위에 서 보는 것만도 얼마만의 일이던가.

　꽁꽁 얼었던 한겨울도 봄날의 숨결에는 어쩌지 못했다. 얼음이 녹고 땅이 풀리는 2월 중순의 어느 날이었다. '어, 저건 뭐야?' 연못 한가운데 얼음이 푹 꺼져 균열이 가고 삐죽삐죽 얼음 조각들이 서로를 기대고 있었다. 그 사이로 연못 속 진흙이 눈에 들어왔다. 놀랍게도 그 얼음 조각 틈바구니에 고양이들이 있었다. 금붕어가 고양이 입속에서 꼬리를 퍼덕이다가 일순간 호흡을 멈췄다.

땅이 풀리면서 연못물이 땅속으로 빠져들었고 얼음과 땅 사이에 공간이 생겼을 터였다. 얼음판이 주저앉으며 균열이 갔을 테고, 고양이들은 간신히 진흙 속에 몸을 숨기고 있던 물고기들을 찾아 내 모처럼의 성찬을 즐겼다. 고양이의 발톱을 피해 필사적으로 진흙 구덩이로 파고드는 물고기들의 몸부림이 그려졌다.

곧 봄인데 봄비에 연못물이 차오르면 참붕어와 금붕어, 갈겨니를 다시 볼 수 있다고 생각했는데……. 고개를 돌렸다. 고양이들에게 그 어떤 적의를 표할 수는 없었다. 갑작스러운 죽음과 대면한 느낌이었다. 불의의 일격을 당하고 쓰러진 '나'의 환영.

'후--' 길게 숨을 내쉰 후 찬찬히 연못 주변을 살폈다. 아이 팔뚝만 하다고 했던 잉어도 당한 모양이었다. 머리만 나뒹굴고 있었다. 작은 물고기들은 통째로 삼킨 모양이었고, 큰 물고기들의 머리도 서넛이 더 눈에 띄었다. '거의 전멸인가?'

대문을 열면 바로 연못이다. 쳐다볼 엄두가 나지 않아 눈길을 주지 않고 외면했다. 꽃샘추위가 한바탕 봄 굿을 하고 난 후에 비가 내렸다. 연못이 다시 차오르고 돌단풍 싹이 파릇하게 솟아올랐다. 속까지 다 보이는 맑은 연못 안에도 다시 생명이 꿈틀거렸다.

'아, 살아있어.' 자세히 들여다보니 커다란 산메기였다. 바닥에 배를 깔고 유유자적 꼬리를 젓고 있었다. 작은 참붕어 서너 마리와 금붕어 두어 마리가 그 옆을 유영하고 있었다. 생존자들의 귀환이었다.

기역자로 꺾인 살림집을 지나는데 어디선가 희미하게 딸그락거리는 소리가 들렸다. 두리번거리며 찾아보니 기역자 지붕의 물받이 통 오리 주둥이였다. 전통 한옥에서 '학머리'라고 모양을 낸 물받이를 오리 주둥이 모양으로 변형해 만든 것이었다. 주둥이에 수량을 조정하도록 열리고 닫히는 작은 입구가 들썩거리고 있었다.

긴 나무 장대를 찾아다 오리 주둥이 앞을 툭툭 건드렸다. 순간 입구가 들썩이며 무언가 '툭'하고 바닥에 떨어졌다. 참새 새끼였다. 2층 처마의 기와 아래에 이른 봄부터 집을 짓기 시작했던 참새가 알을 낳고 부화를 한 모양이었다. 고개 내민 새끼가 부지불식간에 낙하해 1층 기와지붕 물골을 타고 오리 주둥이로 떠밀려 온 듯했다.

아직은 솜털이 뽀송뽀송하고 걷지도 못하는 이놈을 어찌한다. 혹여 어미가 주변에 있다면 어찌해 볼 수 있지 않을까 싶은 마음에 주변을 둘러보았다. 한낮이라 먹이 사냥을 나갔는지 어미 새들의 모습은 보이지 않았다. 빗물을 받는 하수구 앞에 심어 놓은 소나무 둥치 풀을 헤치고 둥지처럼 자리를 만들었다. 그곳에 참새 새끼를 놓아두고 햇빛을 피할 수 있도록 검불로 살짝 덮어주었다.

어미가 발견하여 둥지로 물고 가는 건 불가능하겠지만 들고양이들의 밥이 되는 것만이라도 막아 주고 싶었다. 숨이 다한다면 그곳에 묻어 주어야지 하는 마음이었다. 농사 준비를 하느라 밭을 오가던 중 잘 있는지 궁금해서 소나무 둥치를 살펴보다가 깜짝 놀랐다.

참새 새끼는 없고 그 둥지 안에 두꺼비 새끼가 앉아 있는 것이었다. 내 눈이 의심스러웠다. '저놈이 참새 새끼를 먹었을 리는 없고.' 이리저리 둘러보아도 흔적 하나 없었다. 딱 그 자리에 참새 새끼가 두꺼비로 변하기라도 한 듯 그윽한 눈빛으로 나를 응시했다. '참새 새끼를 구해주었더니 두꺼비로 환생한 거야?'

예로부터 집터에 두꺼비가 있으면 귀하게 여겼다. 몇 해 전 느티나무 아래에서 제를 지낼 때 처음으로 두꺼비를 보았다. 그리고 한 해에 한두 번 정도 그 모습을 보았다. '하늘이 내게 어떤 징후를 보여주시려나.' 외롭고 팍팍했던 날들에 대한 보상이라도 되는 듯 속에서 뜨거운 무언가가 느껴지기도 했다.

조심스레 물러나 밭으로 향했다. 믿기지 않았다. 다시 무언가를 확인하기도 두려웠다. 그렇게 하루해가 질 무렵 쪽마루에 걸터앉아 담배를 무는데 소나무 둥치에서 보았던 새끼 두꺼비가 연못가에 앉아 나를 보고 있었다. 한참을 그렇게 바라보더니 인사라도 하듯 눈을 껌벅이고는 연못 속으로 사라졌다.

온몸이 얼어붙고 속이 떨려왔다. 그해 봄. 이 이야기는 전설이 되었다.

3

서너 해를 뿌리내렸건만 수련은 더는 번지지 않았다. 오히려 개체 수가 줄어들었다. 장마 때마다 연못물이 요동을 치고 가뭄에 수위가 내려간 채로 겨울을 맞으면서 뿌리가 흔들렸거나 얼어서 움츠러든 모양이었다.

반대로 지난해 낚시 좋아하는 이가 작은 저수지에서 한 움큼 옮겨다 심은 어리연은 영역을 확장해 갔다. 연이라고 하기엔 작고 보잘것 없으나 개나리꽃처럼 샛노란 것이 들꽃처럼 씩씩해 보였다. 저절로 미소가 지어졌다.

여름이 한창 무르익을 즈음 드디어 수련이 꽃을 피웠다. 아침 이슬을 머금은 채 꼭 다문 입술에 해가 비추자 봉오리를 활짝 터트렸다. 환한 미소에 저절로 두 손을 모았다. '살아서 다시 꽃을 피웠구나! 고맙다.' 내게 하고 싶던 말이기도 했다.

부정이라도 탈까 조심스러운 마음으로 보고 또 보고 종일 수련과 눈을 맞추었다. 또 다른 수련도 꽃을 머금었고, 그 옆에 하나둘 꽃봉오리들이 무리를 지어 피어났다. 그때는 혹여 수련이 사라지기라도 하면 나 자신도 사라질 것만 같아 애를 태우던 시기였다.

함께 했던 이들이 떠나고 홀로 남았다. 수련은 나에게 지조 같은 의미였다. 모두가 떠난다고 떠날 수 없는, 장맛비에 잠겨도 때를 기다리는 인고의 세월 같은 존재. 불안정한 작은 연못 한 귀퉁이에 가까스로 버티고 있는 나의 자화상이었다.

몇 날 며칠 수련이 피고 지고 그사이 어리연도 연못의 절반을 가득 채웠다. 살 수 있을까 싶게 여려 보였는데 믿기지 않을 만큼

한 해 만에 바닥 전체에 뿌리를 뻗고 차오르는 물과 함께 줄기와 잎을 드러낸 것이었다.

그해 연못에는 큰 손바닥만 한 수련잎과 잔잔한 어리연잎들이 수면을 가득 덮었다. 연잎 사이로 비치는 햇살에 붕어가 물살을 가르고 연잎 위를 차지한 참개구리들이 평화로운 한때를 보냈다.

그 순간은 다시 오지 않았다. 해가 바뀌고 꼭 그만한 계절이 되었을 때 수련은 자취를 감췄다. 그 빈자리를 어리연이 가득 채웠다. 수련이 자리했던 곳까지 빼곡히. 이제 연분홍 흰빛의 수줍은 수련은 자취를 감추고 작고 샛노란 어리연꽃들만이 연못 전체로 번져갔다.

수련이 선비 같은 지조의 상징이라면, 어리연은 백성의 생명력이라 여겨졌다. 아, 저것이 백성의 욕망이었던가. 그 욕망에 지조가 포획되었단 말인가? 한 줄기, 한 송이만이라도 수련을 더 보고 싶었지만 끝내 수련은 소생하지 못했다. 수련이 피었던 연못엔 어리연이 빼곡히 들어차 수면 위를 가득 덮었다. 유영하는 물고기들을 더는 볼 수도 없었다. 이제 더는 연못은 연못이 아니게 되었다.

4

답답했다. 속이 들여다보이지 않는 연못은 생명력을 잃었다. 새 물 받아 바닥까지 드러난 연못은 맑은 영혼의 누군가를 만난 듯 청량 했었다. 서로 다른 개체들이 공존하며 어울려 사는 세상은 '더불어 숲'의 또 다른 이야기였는데. 이제 그런 연못은 과거의 회상 속에 서나, 전설 같은 이야기 속에나 나오는 신화가 되었다.

'하산해야겠어.' 느닷없는 내뱉음이었다. 수련처럼 고고하게 더는 버틸 재간이 없었다. 어리연처럼 세상 흐름에 내맡겨 맞추어 가고 번져갈 수밖에. 그렇게 하고 싶지 않다면 하산하는 길밖에 없 는 거 아닌가. 왜 그렇게도 연못 안을 들여다보며 자기 속마음을 헤 아렸었는지 이제는 조금 알 것도 같다.

독자적 공간, 자립적 운영, 제도권 밖의 인문학 진지. 수련 같은 고고함이었다. 민초의 생명력처럼 질기게, 흐르는 대로 번져가는 어리연처럼, 무엇이든 해야 하는 저잣거리의 훈계를 거부한 까닭 이었다. 빚은 산더미였지만 시설을 펜션처럼 숙박업소로 운영하 기는 싫었다. 초심을, 방향을 잃을 것이 분명하지 않은가.

그저 먹고 살자고 했다면 시작도 하지 않았을 일이었다. 모두 가 그렇게 제도권 안으로 들어가 먹고사니즘에 빠지고, 좀 더 좋은 집과 좋은 차와 대대로 누릴 명예를 갈망할 때 누구 하나는 촛불 들 고 광야를 지켜야 한다고 스스로 다짐했었다.

그나마 세상이 바뀌어 정책자금이나 공모사업들이 줄을 잇고 있어, 시민단체나 운동 이력으로 얼마든지 자기 돈 들이지 않고도 사업을 하고, 명예를 지키고, 먹고 살기도 하는 시절이 되었다. 꼭 그만큼 그 틀 안에 갇혀 스스로 직업화되고 타성에 빠지는 숱한 광경을 목격하면서 '수련'으로 남고 싶었다.

나의 연못에서 그 수련이 수명을 다했다. 내 속이 들여다보이지 않는 '길 없음'. 또다시 길을 잃었다. 그러자 몸이 먼저 알고 신호를 보냈다. 아프다고. 꼬박 일주일을 누워 지냈다. 만성적인 허리 통증이 도져 허리를 펴고 굽히는 것조차 내 마음대로 되지 않았다. 이대로 모든 것이 무너지는가 싶어 서러운 눈물로 그해 겨울을 힘겹게 보냈다.

그래도 봄이 왔다. 밭에 씨는 뿌려야 했다. 하산해야겠다고 마음먹었으니 어쩌면 이번 농사가 마지막일지도 모른다는 생각이 들자 갑자기 허리에 힘이 생기면서 밭을 뒤집는 삽질에 힘이 생겼다. 의무감에서 지켜냈던 것들에게서 자유로워졌다. '내려놓는다는 것이 이런 것이구나.' 싶게 마음의 평화가 찾아왔다.

막연한 길을 그저 가야 한다고만 생각했으니 그건 내게 짐이었다. 이제 짐을 내려놓으려 하니 몸도 마음도 가벼워졌다. 모든 것이 새롭게 다가왔다. 오랜 병을 털고 일어선 환자처럼 세상이 새롭게 보였다. 긴 터널을 빠져나온 듯 또 다른 어떤 희망의 빛에 이끌려 손발이 분주해졌다.

5

'이건 뭐지.' 연못에 변화가 생겼다. 어리연이 뒤덮고 난 뒤에 연못을 외면했는데 그 사이 어리연 중간중간을 뚫고 창포처럼 생긴 줄기가 군락을 지어가고 있었다. 물고기 돌집 위에 심은 갈대와 창포에서 번졌으리라 생각되었지만 무언가 창포와는 다른 생김새였다. 창포 잎이 단단하고 짧은 느낌이라면 이놈은 연하고 늘씬한 느낌이랄까.

시간이 흘러 연한 잎 사이로 대공이 핫도그처럼 생긴 암꽃을 피웠을 때. 아, '부들'이구나. 존재가 드러났다. 저놈은 어디에서 온 거야? 옮겨 심은 적도 없고 근방에서 씨가 날아왔을 리도 없는데. '아하, 어리연을 저수지에서 떠 올 때 부들 씨가 묻어온 모양이네. 한참을 걸려 이제야 뿌리를 내렸어.'

잎이 부들부들해서 '부들'이라 했던가? 부들부들 떨면서 자란다고 '부들'이라 했던가? '저놈은 키가 커서 군락으로 번지면 어리연이 햇빛을 받지 못해 죽을 텐데.' 새로운 점령군인가? 마음이 심란했다. 어리연이 번질 때도 조금 걷어 낼까 망설였는데, 부들이 연못 가운데로 번지는 걸 보면서 가장자리만 두고 베어내야지 하는 마음이 들었다.

개체 수를 늘려 생존하려는 종족 본능의 욕망. 그것이 자연 생태계의 순리일지 모르겠다. 이 작은 연못의 끊임없는 변화는 우주 만물의 축소판 아니겠는가. 그대로 두면 자연 생태계로 돌아갈 터이고, 손을 댄다면 인간과 자연이 공존하는 최소한의 조화를 찾을 수 있지 않을까?

인간의 삶에서 가장 큰 덕목은 '절제'라는 생각이다. 본능적 욕망과 사회적 욕망의 절제. 그것이 '인간'을 '인간답게' 만드는 다름일 것이다. 변하지 말아야 할 인간적 가치를 지켜내고, 약자의 편에 서는 측은지심이야말로 인간다움 아니겠는가.

'나'의 연못을 만들어야겠어. 공존의 연못. 수련과 어리연이 자기 영역을 갖고, 갈대와 창포, 부들이 어울리는 곳. 그곳을 울타리 삼아 물고기들이 헤엄치는 공간. 뱀과 고양이의 약탈에 대응하며 평화를 지켜내는 곳. 제비꽃과 돌단풍이 어우러져 보는 이들의 가슴을 설레게 하는 풍경. 그래, 그것은 가꾸고 지켜야만 해.

맑아진 내 마음의 바닥이 보였다. '푸훗.' 뜬금없이 터진 웃음은 '상선약수上善若水'라는 화두에 매달려 있던 지난날들을 떠올렸다. '최고의 선은 물과 같다. 만물을 이롭게 하고, 그 공을 다투지 않으며, 모든 사람이 싫어하는 낮은 자리에 처한다. 따라서 거의 도에 가깝다.'

불현듯, '나의 물은 연못일까, 저수지일까, 강물일까, 바다일까.' 내 그릇의 크기를 재어 본 적이 있었다. 젊어선 강물이기를 원했고, 중년엔 한 마을을 품에 안은 저수지 정도면 족하겠다 싶었다. 넘쳐흐르다 보면 바다에 이르지 않을까 싶었고. 그런데 지금은 그저 연못이고 싶었다. 사계절의 풍상을 고스란히 안고 있으면서도 마르지 않는 샘을 가진 연못. '나'이고 싶어졌다.

닭장 앞에 서

부화장 닭의 운명을 거부할 어미 닭을 꿈꾸며

사람이나 동물이나 집에 들인다는 건 쉽게 결정할 수 있는 문제가
아니다. 밥을 챙기고 일상을 함께해야 하는 식구가 생기는 일이다.
중심 건물이 들어섰으니 그에 따른 부속 건물이 늘어나는 건 당연
한 일. 초봄부터 생태 화장실이라 이름 지은 재래식 화장실을 만들
었다. 그 앞에 토끼장을 지을까 닭장을 지을까 고민하다가 달걀도
먹고 거름도 얻는다는 생각에 닭장을 짓기로 했다. 횃대를 올릴 닭
장에 지붕을 얹고, 닭들의 놀이터가 될 작은 마당은 망으로 울타리
만 둘렀다. 횡성 시장에서 병아리보다 조금 큰 토종닭 열 마리를 사
다가 입주시켰다.

1

시장바닥 작은 그물망에 영문도 모른 채 갇혀 있던 수십 마리의 닭
들. 이사 온 닭장에 풀어 놓으니 '여긴 어디야?' 하는 듯 우두커니
서 있었다. 사람들이 '촌닭 같다'라고 말하는 이유를 알 것 같았다.
밤이 깊도록 한쪽 구석에 몰려들어 웅크리고 있는 닭들을 보니 마

음이 짠했다. "이제 여기가 너희들이 살 곳이다. 사는 날까지 행복하게 살아라."

플라스틱 모이 그릇과 양은 물그릇을 준비해 두었다. 그런데 머리를 디밀고 먹다가 발가락으로 올라타니 그릇들이 뒤집히는 건 순식간이었다. 다음 날 모이통을 길고 무거운 나무 판재로 만들어 움직이지 않도록 했고 물그릇은 한쪽 모서리에 얕은 구덩이를 파서 쉽게 넘어지지 않도록 했다. 아직 어려서 횃대는 천천히 만들어도 되겠다 싶었는데 흙바닥에 웅크리고 있는 모습이 안타까워 서둘러 2단으로 횃대 설치를 끝냈다. 알은 언제 낳을지 모르지만, 미리 알 낳을 곳도 만들고 칸을 나누어 짚도 깔아두었다. 이제 세간까지 모두 갖추어진 셈이다.

보름 남짓, 때깔이 달라지기 시작했다. 아침저녁으로 먹는 사료와 사람들이 다녀간 후 나오는 잔 반음식물 찌꺼기, 수박껍질, 채소 등을 충분하게 먹어서인지 털에 윤기가 돌기 시작했다. 활동성도 눈에 띄게 달라졌다. 수컷의 벼슬도 확연히 구분되기 시작했다. 한 마리 두 마리 횃대에 올라앉더니 높은 곳과 낮은 곳의 횃대를 나누어 스스로 균형을 잡아갔다.

닭장 모퉁이를 돌면 풀이 지천인 산자락이다. 낮에는 문을 열어주고 싶은데 닭들을 노리는 천적들이 있어 걱정이었다. 살쾡이나 산짐승들의 위협은 없는지, 고양이나 아랫집 개의 반응은 어떤지 살펴보았다. 위험을 감수하고라도 문을 열어봐야겠다 싶었다. 때맞추어 한두 마리의 닭들이 요란한 날갯짓을 하며 닭장을 탈출하기 시작했다. 탈출한 놈들 무색하게 문을 열었다.

나오고 싶어 울타리 쳐진 망에 머리를 들이밀던 놈들이 막상

문을 여니 오히려 얌전했다. 멀리 비켜서 한참을 지켜보았다. 닭장을 떠나지 못하고 주위를 맴돌았다. 주변에서 작은 소리만 들려도 후다닥 닭장 근처로 모여들어 주위를 살피는 모습에 웃음이 절로 나왔다. 안전함이 확인되자 나도 마음이 놓였고, 닭들도 두엄더미 근처 산자락까지 영역을 넓혀갔다.

두엄더미로 이어진 길과 산책로의 풀을 뽑는데 내 주변으로 닭들이 모여들었다. 여간해서 올라오지 않던 먼 곳이었는데 주인이 있으니 안심이 되는지 하는 모양들이 가관이었다. 어떤 놈은 풀을 뽑아 나무 둥치에 쌓아 놓은 곳을 발로 헤집으며 지렁이라도 찾는지 분주했다. 또 어떤 놈은 메뚜기가 뛰자 덩달아 뛰며 먹이 사냥을 했다. 나머지 닭들은 개나리 울타리에 다닥다닥 붙어있는 애벌레들을 쪼아 먹느라 신이 났다. 더 올라갈 수 있고 흩어질 수도 있는데 열 마리 모두가 내 주위의 반경을 벗어나지 않았다.

그 뒤로 내가 지나가기만 하면 자기들이 무슨 강아지인 줄 아는지 졸졸 따라다녔다. 어깨 깃을 세우고 몸통을 뒤뚱거리며 열 마리의 닭들이 내게로 달려왔다. 모이를 주는 시간이 아닐 때 이렇게 마주쳐 멈춰 서면 '무슨 일이지?' 하듯 목을 빼 들며 눈동자를 이리저리 굴렸다. 머리를 쓰다듬어 주고 싶은 충동이 일어 가까이 가려고 하면 줄행랑을 놓았다. 마치 '잡히면 죽는다.'라는 것을 아는 것처럼.

2

'고고. 고고고. 고고.' 건물 뒤편의 야외 마루 밑에서 휴식을 취하던 놈들과 흩어져 풀을 뜯던 놈들이 이 소리만 들리면 귀신같이 달려 나왔다. 닭장과 층이진 덱 주변에 있던 놈들은 아랫단으로 내려오는 길을 찾지 못하고 끝내는 날개를 퍼덕이며 육중한 몸을 날렸다. 다다닥. 사료를 모이통에 길게 나누어 주는 순간 벌떼처럼 모여든 열 마리의 부리가 모이를 쪼았다. '허겁지겁'이라는 표현이 무색하게 그 소리만은 경쾌했다. 모이통 위로 올라가서 먹는 놈, 이쪽 저쪽을 넘나들며 분주하게 머리를 들이미는 놈, 잔뜩 경계하며 목만 간신히 모이통에 넣은 놈. 먹이를 앞에 둔 모든 생명은 자신의 정체성을 그대로 드러내는가 보다.

순간 비명이 들렸다. 유독 마른 놈이 '꽥' 소리를 내면서 먹이통에서 튀어나왔다. 몸집 좋은 놈이 마른 놈의 머리를 쪼았다. 그것도 모자라 따라 나와서 닭장 밖으로 몰아냈다. '어허, 저놈 봐라.' 하는데 내쫓긴 놈은 주변을 맴돌다 다시 모이통으로 다가섰다. 잔뜩 경계하며 목만 간신히 모이통으로 밀어 넣었던 놈이다. 잠시 뒤 또 다시 비명이 커졌다. 다른 놈이 머리를 쪼아 또 내쫓았다.

밖으로 나와 서성이는 외톨이에게 따로 먹이를 챙겨줬다. 먹이를 따로 주다 보면 무리 속에서 완전히 고립되지 않을까 염려하는 마음에, '어떡하든 무리 속에서 잘 버텨. 언제까지 너에게 먹이를 따로 챙겨 줄 수는 없잖아.' 속말을 했다.

저녁 모이를 주는 닭장 앞에 사람들이 모여들었다. 어김없이 되풀이된 이 장면에 어른이나 아이나 할 것 없이 "저놈 왕따네." 하는 소리가 들렸다. 옆에 있던 초등 대안학교 교사인 지인이 말했다. 그이는 몇 해 전부터 토종닭을 키우고 있었다. "닭들을 보고 있으면 꼭 우리 학교 아이들을 보는 것 같아. 왕따를 시키기도 하고,

당하기도 하고. 근데 왕따처럼 보이는 닭들을 보면 의연해. 그렇게 쪼이면서도 언제 그랬냐는 듯 태평하지."

또 다른 변화는 수탉과 암탉으로 분명하게 구별이 된다는 것이 었다. 처음 시장에서 올 때는 수탉 두 마리와 암탉 여덟 마리인 줄 알았는데 커가면서 수탉이 한 마리로 확인되었다. 암탉과 비교하 면 덩치가 크고 벼슬이 선명했다. 아직 목이 트이진 않았지만 '꼬-끼오' 하는 소리는 수탉 울음소리가 분명했다.

수탉은 모이를 먹는 중간에 모이가 얼마 남지 않으면 주변의 암탉들을 쪼아댔다. 그러다 보니 수탉의 주변이 비고 나머지 암탉 들은 좁아진 먹이 공간에서 혈투를 벌이게 되었다. 쪼아대는 놈들 이 수시로 바뀌면서 밖으로 내쫓기는 닭들이 서너 마리로 늘어났 다. 황당한 건 외톨이를 쪼는 놈이 다른 닭에게 쪼여 쫓겨나고 그놈 은 또 다른 놈에게 쪼여 밀려났다.

아침 모이를 주면서 문을 열고 저녁 모이를 주고는 닭장 문을 달았다. 초승달도 없는 어두운 밤, 혹여 산짐승들이 나타나지 않았 을까 염려되어 랜턴을 비추며 닭장을 들여다보았다. 그런데 횟대 에 올라앉은 놈들과 바닥에 있는 놈들을 아무리 세어보아도 아홉 마리였다. 한 마리가 잡아먹혔구나 싶어 여기저기 랜턴을 비추어 보았다. 그때 닭장 밖 선반 위 높은 곳에 자리를 잡은 한 마리가 불 빛에 날갯죽지를 들어 올렸다. '허, 이놈 봐라. 이놈이 대장일세그 려.' 어두운 밤에 울타리를 넘는 놈의 모습이 그려졌다. 무리에서 벗어나 홀로 생존을 위해 찾은 그만의 보금자리였다. '그래 너는 독립된 생을 스스로 만들었구나.'

닭들이 들어오고 아침 일과에 큰 변화가 생겼다. 닭장으로 가는 길목으로 산책하는 것이었다. 도랑물을 받는 곳에 통을 묻고 새로 심은 연이 올라오는 변화를 확인하는 것이 일과의 시작이었다. 솟대를 세운 둔덕 가운데에 심은 아마란스_{안데스산맥에서 건너온 곡류}가 대를 키우고 잎을 넓히며 이삭을 다는 모습에 경이로움을 느끼며 닭장으로 향했다. 두 번째 코스는 돌담에 기대어 망을 타고 오르는 여주가 작은 열매를 맺고 순식간에 주먹만 해지는 과정을 확인하는 즐거움이었다. 하루는 이쪽, 또 하루는 저쪽. 닭장으로 향하는 아침 길은 뿌리 내린 생명체의 성장을 지켜보는 구도자의 길 같았다.

식물이 그러할 진데 움직이는 생명체를 지켜보는 일은 삶의 영감을 주었다. 무리의 변화가 감지되었다. 먹이를 놓고 다투는 가운데 서열이 생기고 패가 나누어졌다. '오늘은 팔 대 이인데', '아하, 오늘은 칠 대 삼이로군.' 한가로이 풀을 뜯는 낮에도 서로 다른 장소에 있는 무리의 수를 확인했다. 그러더니 육 대 사로 나누어지는 경계지점이 생겼다.

아침 모이를 주기 위해 닭장 문을 여는데 여섯 마리밖에 없었다. 네 마리가 이른 아침 닭장 울타리를 넘어 탈출한 것이었다. 아니 독립한 닭은 어젯밤에 나왔으니 세 마리가 더 뒤를 따른 것이겠다. 맨 마지막까지 남아 먹이를 먹던 닭들은 수탉을 포함하여 여섯 마리였는데 그놈들은 닭장 안에서 아침을 맞았고, 쪼이고 쫓겨나 배고픈 네 마리의 닭들은 일찌감치 닭장을 나와 풀을 뜯고 먹이를 찾고 있었다.

몸집에서 그 차이는 더욱 분명해 보였다. 안에 있던 여섯 마리의 닭들은 살이 올라 울타리를 넘을 수 없을 만큼 둔해졌다. 마른 닭들은 자신들의 조상이 먼 옛날 새였다는 것을 확인이라도 하듯 날아오르고 뛰어내리는 것을 두려워하지 않았다. 닭장 문을 사이에 두고 안과 밖이 갈렸다. '음, 닭장 안 여섯 마리는 수탉을 중심으로 한 무리가 되었구먼. 근데 밖으로 나온 놈들은 따로따로야. 어떤 때 보면 두세 마리가 한 무리를 이루긴 하지만 기본적으로 모두 독립된 놈들로 보여. 스스로 먹이를 찾아야 하니 각자 자기 영역을 만드는 모양이군.'

4

불볕더위와 소나기가 오락가락하는 팔월 초. 닭들과 인연을 맺은 지 백일이 다 되었다. 닭장에서 강당 건물의 옆길을 돌아 느티나무 마당까지 진출한 닭들은 한 단 위의 텃밭까지 영역을 넓혔다. 삼채와 초석잠, 와송을 심은 텃밭에서 풀을 뽑고 있는데 텃밭 초입의 토마토밭과 가지밭 주변에 닭들이 진을 쳤다. '허, 저놈들 봐라.' 하는데 한 놈이 대추토마토를 따서 물고는 줄행랑을 놓았다. 몇 놈이 쫓아가 떨어진 토마토를 쪼아 먹었다. 나머지 놈들은 내가 아껴두었던 가지를 쉴 새 없이 쪼았다. 망연자실했다. 한데 웃음이 나는 까닭은 왜인지 모르겠다. '별걸 다 먹네' 하면서 식성 좋은 놈들이 그렇게 예뻐 보일 수가 없었다.

습관처럼 닭들을 세기 시작했다. '허, 텃밭 나들이는 열 마리가 함께 왔네.' 우리 안의 제한된 먹이통 속에서 다툼하던 놈들이 열린 텃밭에서는 다툴 이유가 사라진 것이었다. 그래도 여섯 마리와 서너 마리의 무리가 나누어져 있긴 했지만, 이때 닭들은 모두 공동의 평화를 누리고 있는 셈이었다.

비가 오는 어느 저녁, 닭들을 불러 모아 모이를 주고는 문 닫는 것을 잊어버렸다. 밤늦게야 생각이 나서 랜턴을 들고 닭장 앞에 섰다. 횃대를 비춰보니 네 마리씩 위아래 횃대에 나누어 앉아 있었고 그 아래 땅바닥에는 수탉이 앉아 있었다. 그 옆에 또 한 놈이 있어 자세히 보니 외톨이 닭이었다. '아하, 외톨이 닭이 드디어 집으로 들어갔네. 저놈 봐라, 수탉 노릇 제대로 하는데.'

며칠 사이 천방지축 닭들의 모습에 변화가 생겼다. 암탉들이 나무둥치 아래 구덩이를 파고 들어앉아 있거나 뒤뚱거리며 걷는 모습에서 뭔가 다르다는 느낌을 받았다. 횃대 아래 껍데기가 단단하지 않은 반숙 모양의 알들이 떨어져 있었다. 아직 어미 될 준비가 안 된 녀석들이 어찌 알을 낳아야 할지 모르고 이곳저곳에 툭툭 알을 떨어뜨려 놓은 것이었다. 사람들이 모여 있는 곳으로 온 닭을 쫓았는데 돌아서면서 '툭!'. 놀랍기도 하고 어이없기도 했다. 아주 작은 초란이었다. 알들이 쏟아질 모양이다.

급하게 알 낳을 자리를 준비했다. 처음 자리를 잡아주었던 곳은 바닥과 지면이 같아 마음을 주지 않는 것 같았다. 그 위로 선반을 메고 턱을 주어 새로운 보금자리를 만들었다. 사료를 두는 선반 안쪽에 알을 낳았던 터라 그곳에도 자리를 만들어 주었다. 아이들이 알을 꺼내기 적절한 곳에도 자리를 만들었다. 기적같이 새로운 보금자리에 알들이 하나둘 쌓이기 시작했다.

그런데 알을 꺼내오는 마음이 기쁘지만은 않았다. 닭을 키워

대량 소비를 위한
부화기의 병아리를 보면서
교감으로 이루어지는
슬락동서 따뜻한 이야기를 떠올립니다.

2018. 3. 11

알을 얻었다는 것보다 알을 얻기 위해 닭을 키웠다는 묘한 자괴감이 들었다. 더군다나 시장에서 닭을 살 때 아주머니가 했던 말이 머릿속을 맴돌았다. "이 닭들은 알을 품지 못해요. 부화장에서 나온 놈들이라." 어미가 품어 나온 병아리들만이 생명을 품을 수 있는 유전자를 갖게 된다는 말이었다. 알 수 없는 연민과 슬픔이 밀려들었다. 사람도 사랑받고 자란 사람이 사랑을 줄줄 안다. 사랑받지 못하고 자란 사람이 사랑하는 법을 모르는 인간사와 어찌 그리 닮았을까?

밤에는 닭장에 가두고 아침에 닭장 문을 열어주기 때문에 어딘가 다른 곳에 알을 낳고 품을 가능성은 희박하다. 그러나 닭장 안을 박차고 날아올라 탈출하는 놈들의 유전자 어느 곳에 혹여 알을 품을 수 있는 유전자가 살아있을지도 모르는 일 아니던가. 닭장 안에 머무는 닭들이라고 해도 지극한 모성으로 알을 지키며 품고 앉을 닭들이 있을 수 있는 것 아닌가.

아침마다 닭장 문을 열어주고, 똥을 치우고, 먹이를 주고, 물을 챙겼다. 일상이 되었다. '타닥 탁탁' 먹이를 쪼아대는 소리가 경쾌했다. 그 앞을 떠나지 못하고 오래도록 지키고 서 있었다. 부화장 닭의 운명을 거부하고 어느 날 병아리들을 데리고 나타날지 모르는 어미 닭을 꿈꾸면서.

알둥지 앞에 선 아이들을 보며

닭 열 마리만으로도 서원은 생동감이 넘쳐났다. 꼬마들에겐 닭을 쫓아다니는 병정놀이가 되었고 초등학교 아이들에겐 막 낳은 알을 꺼내는 기쁨이 되었다. 어른들에겐 닭들이 노닐던 고향 집 마당의 잃어버린 추억을 되살려 주었다. 왁자지껄하게 사람들이 다녀가고 나면 행인서원의 적막은 더 깊어지기 마련이었다. 그런데 닭들이 오고부터는 그 빈자리가 채워진 느낌이었다. 돌보아야 하는 생명이 있다는 것 자체가 존재 이유가 되었고 그 생명이 발산하는 무언의 생동감은 내게 삶의 위로가 되었다.

1

"꼬꼬댁 꼬꼬 꼬" 암탉 울음소리가 요란했다. 아침 일찍 닭장을 탈출한 암탉들은 사료 포대가 놓인 선반 안쪽에, 닭장 안에 남은 닭들은 횟대 맞은편 둥지에 알을 낳았다. 어수선하게 여기저기 알을 낳던 암탉들이 하나둘 자리를 잡아갔다. 그렇게 하루를 보내고 나면 알들이 수북하게 쌓였다.

"고-고-고" 모이를 주러 가서 닭들을 불러 모았다. 알 낳은 암탉은 울음을 울고 또 다른 암탉은 그 둥지로 들어가 알을 낳으려고 웅크리고 앉아 있었다. 여기저기에서 닭들이 모여드는데 알을 낳은 놈은 내려오지 않고 꼼짝하지 않았다. 다른 놈들이 다 먹어버리면 어쩌나 싶어 따로 모이를 챙겼다. 모이 그릇을 앞에 놓아주어도 예전처럼 달려들지 않고 비척비척 주춤거리며 힘겹게 모이를 쪼았다.

'알 낳는 일이 저렇게 힘겨운 거구나.' 몰랐다. 그저 쑥쑥 알을 낳는지만 알았다. '저리도 힘을 써가며 진통을 하고서야 알을 낳는데, 저걸 매일같이 하다니.' 암탉의 울음은 인간에게 알 낳았다고 가져가라는 울음이 아니라 산통의 아픔이라는 사실이 절절히 느껴졌다.

투실하게 살이 올랐던 암탉들이 알을 낳고부터 눈에 띄게 수척해졌다. 유정란을 낳는 암탉은 수탉이 올라타서 등이 다 헐었고 윤기가 흐르던 깃털도 빛을 잃었다. 초란에 비해 알들은 훨씬 커졌고, 가끔 놀랄만한 크기의 쌍알노른자가 두 개 들어 있는 알도 섞여 있었다.

그 수고로움으로 인해 서원의 식탁이 풍성해졌다. 하루 다섯 개의 알은 기본이었고 여덟 개까지 모이니 닷새면 한 판이 넘었다. 반찬이 마땅치 않은 때엔 달걀 프라이도 만들고 넉넉하게 달걀 요리도 만들어 먹었다. 사람들이 양계장에서 나온 마트의 알들과 비교해 가며 노른자가 유난히 크다, 색깔도 아주 노랗다, 맛있다 등 감탄사를 연발할 때면 마음이 흐뭇했다. 오고 가는 이들과 나눔 하는 일도 큰 기쁨이었다.

2

"형, 탈출한 닭들이 여섯 마린데." 서원 행사가 있어 전날 들어와 있던 멍개쌤이 아침 일찍 닭장 문을 열어주러 갔다가 물었다. "응, 바뀌었어. 안에 남은 놈들이 수탉 포함해서 네 마리고, 암탉 여섯 마리가 울타리를 넘어." 나간 놈과 남은 놈의 비율이 바뀌었다.

이 묘한 기분은 무엇일까? 알을 낳기 시작하면서 암탉 두 마리가 탈출 행렬에 더 가담했다. 안에 남은 놈들이 넷, 밖으로 나온 놈들이 여섯. "안정을 희구하는 기득권 세력이 소수가 되고, 변화를 바라는 세력이 다수가 되었어." 세상이 바뀌기라도 한 듯 유쾌했다.

닭장 문을 열면 순식간에 닭들이 모여들었다. 모이를 주고 나서도 버릇처럼 닭장 앞을 떠나지 않았다. 이제는 쫓겨나는 닭이 없었다. 쪼는 놈도 독하지 않았고, 쪼임을 당하는 놈도 대수롭지 않다는 태도였다. 모이 그릇을 두 개로 나눠 놓은 것도 한몫했다. 플라스틱 원형 모이통에 머리를 디미는 닭들이 있는가 하면 긴 나무 모이통을 지키는 닭들도 있었다. 힘의 견고함이 느껴지지만 이쪽에서 쪼이면 저쪽으로 저쪽에서 쪼이면 이쪽으로 순간순간 이동하는 닭들에게서 유연함이 느껴졌다.

모이를 주고는 외톨이 닭을 눈으로 좇았다. 모두 비슷해 보여도 목덜미에 검정 줄무늬가 선명해 구별할 수 있었다. 모이통에 간신히 목만 들이밀고 먹다가 순식간에 쪼여 밀려나던 놈이 이제는 나무 모이통 위에 올라가 꿈쩍하지 않고 부지런히 모이를 쪼아댔다. 당당함이 느껴졌다. 그놈이 처음 알을 낳고 내려올 때 마주친

감동은 뭐라 표현할 수가 없다. '그래, 너도 어미가 되었구나.'

유난히 눈에 띄는 닭이 있었다. 무리 중 유독 깃털 전체가 갈색인 녀석이었다. 처음부터 유난스럽게 굴던 녀석. 닭장 안과 주변에 마련해 준 둥지를 다 마다하고 서원 한가운데 강학당과 동재, 서재를 넘나들며 어딘가 구석진 은신처를 찾았다. 마련해 준 둥지가 마땅치 않은지 강학당 툇마루 위의 이불 더미에 알을 낳기도 하고, 세탁실 빨래 더미에 알을 낳기도 하였다. 할 수 없이 상자에 수건을 깔아 툇마루 위에 놓아두기도 하고, 동재 뒤편 장작더미를 헐고 그 안에 헌 옷을 깔아두기도 했다. 혹여 부화장 닭의 운명을 거부하고 알을 품어 병아리들을 데리고 나올지 모른다는 기대를 안고.

시간이 지나면서 갈색 닭도 편안해졌는지 닭장 안의 둥지에 알을 낳기 시작했다. 기대는 사라졌지만 녀석의 포스만은 그대로 남아있었다. 수탉을 중심으로 무리 지어 다니는 닭들이 대여섯 마리 정도이고 서너 마리가 또 한 무리인데 유독 이놈만은 거칠 것 없이 혼자서 이곳저곳을 누비고 다녔다.

외톨이 닭이 쓸쓸해 보였다면 갈색 닭은 너무도 당당해 보였다. '고-고-고.' 저녁 모이를 주려고 닭들을 불러 모으면 제일 먼저 몸을 뒤뚱거리며 쏜살같이 달려 나오곤 했다. 뒤에 서 있던 누군가 말했다. "완전히 아줌마 포스네." 그때부터 갈색 닭은 아줌마 닭이 되었다.

한 여자가 넋을 잃고 수탉을 바라보고 있었다. "멋지게 생겼는데." 옆에서 듣고 있던 나는 마음이 상했다. '사람이든 닭이든 잘생기고 봐야 해.' 정말 수탉은 빼어나 보였다. 암탉의 몸집에 비해 한 배 반은 족히 커 보였고 붉은 볏은 수탉의 위용을 자랑하는 듯했다. 깃털도 매끈해 잘 입은 신사의 정장처럼 느껴졌고, 꼬리는 푸른빛이 감도는 검은색 꽁지로 '나, 수탉이야' 하는 상징을 나타냈다. 머리에서 꼬리로 흐르는 선도 예술이었다.

한 남자가 몹시 부러운 눈으로 수탉을 바라보고 있었다. "한 놈이 암탉 아홉 마리를 거느리네." 옆에서 듣고 있던 내가 민망했다. '남자의 본능은 어찌할 수가 없는가?' 무리를 벗어난 암탉들을 불러 모으느라 시도 때도 없이 목청을 높이는 수탉은 아침부터 저녁까지 틈만 나면 암탉의 등에 올라타는 게 일이었다. 얌전히 엎드려 있는 암탉이 있는가 하면 수탉을 거부하고 줄행랑을 놓는 암탉도 있었다. 수탉의 표정이 머쓱했다.

햇빛 좋은 날 오후 흩어져 있던 닭들이 떼로 몰려 텃밭으로 향했다. 와송 수확 철이라 한참 예민한데 잠깐 사이에 줄기만 남기고 잎들을 송두리째 쪼아 먹어 버렸다. 화들짝 놀라 닭들을 쫓아냈다. 살구나무 아래 모여 있는 닭들은 주인 눈치를 보며 때를 기다리고 있었다. 닭들의 표정이 야단맞고 쫓겨나 눈치를 보는 아이들 모습 같았다.

서원에 오는 팀마다 텃밭 나들이가 코스인지라 텃밭에 차단막 칠 생각을 하지 못했다. 그러다 남은 와송이라도 건져야겠다 싶어

망을 둘렀다. 토마토를 걷고 배추와 총각무 모종을 심은 터라 급한 일이기도 했다. 와송 수확을 끝낸 자리에 다시 와송 모종을 옮겨 심고 있는데 단 위의 작은 텃밭에 심상치 않은 움직임이 보였다. 수탉 소리를 쫓아 올라가 보니 열 마리 모두 배추밭에 진을 치고 있었다.

고추 농사를 망치고 김장배추를 일찍 심어 놓은 밭이었다. 배추들은 앙상하게 줄기만 남아있었다. 순간 화를 참을 수가 없었다. '이놈의 자식들이.' 주변의 막대기를 집어 들고 요란하게 닭들을 쫓아냈다. '혼이 났으니 다신 안 오겠지.' 하며 배춧국이라도 끓여 먹을 요량으로 분을 삼켰다. 그런데 다음 날도 또 그다음 날도 미련을 버리지 못한 닭들과 숨바꼭질이 계속됐다. 망을 치자니 너무 번거로웠다.

수탉은 피하지 않고 떡하니 버티고 서 있었다. '어쭈, 이놈 봐라' 하면서 발로 쫓는 시늉을 하는데 머리만 피했다. 옆에 있던 나무 장대로 위협을 주는데도 겨룰 태세였다. 순간 등골이 오싹했다. 하지만 여기서 밀리면 닭 모이조차 주기가 힘들어질 수 있겠다 싶어 한 번 더 장대를 휘둘렀다. 그런데 이놈이 꽁지를 빼지 않고 맞짱 뜰 자세를 취했다. '이 자식이.' 자존심이 확 상해서는 빗자루를 찾아 휘둘러댔다. 나도 수컷인 것이다.

모이를 주면서도 경계를 늦추지 않고 수탉의 움직임을 예의 주시했다. 이놈도 슬그머니 비켜서 평상시의 모습을 되찾았다. 문제는 아이들이었다. 주말 캠프에 아이들이 떼로 몰려다니며 닭들에게 돌을 던지거나 나무 막대기를 들고 쫓아다녔다. 닭들은 산으로 도망쳤다. 산으로 오르는 길에 수탉만 보였다. 따라 올라가 보니 암탉들은 풀 속에 숨어 있었고 수탉이 보초를 서고 있는 모양새였다. '하는 수 없지 뭐, 아이들에게 그보다 더 신나는 일이 있겠어.' 했는데 사고가 났다. 약이 오를 대로 오른 수탉이 혼자 온 아이와 등을 보인 아이를 공격한 것이었다.

'사람들 들어올 때는 수탉만이라도 가두자'라는 결론을 냈다. 하지만 암탉을 보호하려는 수탉의 본능을 또 뭐라 하겠는가. 곁에 있던 이가 한마디 보탰다. '여기는 아직 문제가 없는 모양인데 우리 동네는 수리부엉이나 매들이 수시로 하늘에 나타나요. 그때면 수탉이 암탉들 피하라고 아주 요란스럽게 울어대지. 막상 자기는 피하지 못해 잡혀가기도 하고.' 슬픈 수탉 찬가였다.

4

'꼬-꼭-꼭' 전에 없는 수탉의 괴상한 소리가 동재 옆 두엄더미 근처에서 들려왔다. 닭들이 즐겨 찾는 장소였다. 순간 '습격이다!'라는 생각이 들어 달리기 시작했다. 암탉들이 혼비백산이었다. 개나리 울타리 건너편 쪽으로 검은 물체 하나가 후다닥 도망쳤다. '대낮인데, 어떤 놈이지?' 오소리 같기도 하고 너구리 같기도 했다. 심장이 뛰었다. 닭들이 들어오고 몇 달 동안 아무 일 없었는데 이제 평화가 깨지는구나 싶었다.

돌아보니 닭들이 한 마리도 보이지 않았다. 닭들이 파헤친 흔적만이 있을 뿐이었다. 도랑 건너편 수풀을 은폐 삼아 접근한 것이 분명해 보였다. 닭을 물고 간 것 같지는 않았다. 닭들을 찾아 산길을 짚어 올라갔다. 움직임이라고는 없는데 생활관 석축 뒤편에 수탉과 암탉 한 마리가 웅크리고 앉아 있었다.

닭들은 저녁나절이 다 되어서야 한 마리 두 마리 닭장 주변에 나타났다. 목이 터지게 닭들을 불렀다. 암탉 여덟 마리가 모였다. 함께 피신했던 수탉과 암탉만 돌아오지 않고 있었다. 낮에 보았던 자리로 가보니 아직도 그 자리에 그대로 숨어 있었다. '고-고-고' 힘겹게 불러내 닭장으로 데리고 오는데 둘 다 완전히 주눅이 들어 있었다.

다음 날 아침, 닭들이 모두 닭장 안에서 나오지 않고 있었다. 문을 열어도 닭장 주변을 떠나지 않았다. 어제의 충격이 고스란히 전해왔다. '많이 놀랐구나. 닭장 안에 있어도 그놈들이 노리면 어쩔 수 없는 일이고. 너희들 스스로가 지켜냈잖아.' 위로를 건넸다. 수탉은 완전히 넋이 나간 모습이었다.

10월 들어 가을 캠프에 이어 가족 캠프까지 주말마다 아이들이 넘쳐났다. 어린아이들이 알을 꺼내 들고는 집에 가져가 품어서 병아리를 보겠다고 했다. 사랑스러웠다. 그런데 문제가 생겼다. 너도나도 알을 가져가겠다고 나서면서 알 낳느라 둥지에 앉아 있는 암탉 앞으로 길게 줄을 섰다. 어떤 아이는 암탉 몸통에 손을 넣어 알을 꺼내려 하기도 하였고 나무 막대기로 암탉을 쫓아내려는 아이도 있었다. 시끌벅적 난리가 아니었다.

이 모습을 위에서 바라보다 무섭다는 생각이 문득 들었다. 오직 알을 먼저 차지해야겠다는 욕망이 앞설 뿐, 한 생명체에 대한 존중이나 연민은 찾아보기 어려웠다. 닭이 알을 낳고 있으면 조심스레 물러나던, 미안한 마음에 암탉에게 들키지 않으려 애쓰며 알을 가져오던 어릴 적 내 모습. '아직 어려서 그렇지!' 하며 애써 밝은 목소리로 소리쳤다. "얘들아, 너희들이 지키고 있으면 닭이 알을 못

낳아. 조금 물러나서 기다려 보자." 하는데 암탉 한 마리가 선반 위에 올라 대기를 했다. "에-, 얘가 또 기다리는 거예요." 아이들은 더 참을 수 없다는 듯 억울해하면서 억지 춘향으로 물러섰다.

시간이 얼마간 지나고 어느새 아이들 손에 달걀이 하나씩 들려져 있었다. 둥지에서 알을 꺼내오는 아스라한 추억을 선물하고 싶었는데, 집단화된 아이들은 그저 누가 먼저 알을 차지하느냐에 관심이 더 많은 모양이었다. 여기저기 깨진 알들을 보고 있자니 가슴이 아려왔다. 캠프 마무리를 하려고 2층 강당으로 가다가 무심코 닭장을 내려다봤다. 한 아이가 알 낳는 선반 둥지 근처를 서성거리고 있었다. 아직 둥지에 암탉이 앉아 있는 모양이었다. 순식간에 아이는 어디에선가 나무 막대기를 들고 나타났다. 암탉을 쫓아내고 알을 꺼내려는 모양이었다. "얘야. 그러지 마." 다리가 후들거렸다.

5

어린이 사계절 캠프에 참여하는 동네 아이가 "닭은 잡아먹으려고 키우는 거예요." 했다. 명쾌한 답이다. 어려서 고기를 좋아하지 않던 나도 할머니가 잡아주신 닭만은 거부하지 않았으니 으레 닭은 키워서 잡아먹는 가축이었다. 하지만 생명이 가진 온전함을 일상으로 겪고 나서는 닭도 인간과 똑같은 하나의 생명체로서 존중받아야 할 권리가 있다는 생각이 들었다. 알을 낳아주고 마지막엔 자신의 몸까지 내어주지 않던가.

닭의 수명은 30년이란다. 알을 품을 땐 알 낳기를 멈춘다. 한겨울 추위에도 알 낳기를 멈춘다. 한 생명으로서 생의 주기를 스스로 조절하는 것이다. 인간이 개입하면서 알을 품지 않고 계속하여 알만 낳는 양계장 닭들을 만들어 냈다. 부화장에서 병아리를 까고 그 닭들은 알만 낳거나 아니면 육계로 키워져 삼계탕과 백숙으로 인간 식탁에 올려진다. 철망 안에 가둬놓고 밤에도 대낮같이 불을 켜 놓아 하루에 1.5개의 알을 얻는단다. 겨울에도 난방하여 알 낳는 일을 멈추지 못하게 한다. 인간의 탐욕이 '생명체로서의 존재감'을 지운 것이다.

돈벌이가 되면, 남들도 다 그렇게 한다는 핑계로 죄의식을 면피하고, 가격 경쟁에 뒤처지면 나만 손해라는 피해의식으로 패거리에 순응하게 되는 것. 이게 어디 닭을 키우는 이들만의 문제일까. 우리 사회 모든 구조가 이렇게 굴러가고 있지는 않은가. 무한 경쟁과 소비적 욕망이 부추기는 비인간화에 적극적 동조 내지는 방관자로 남은 우리의 모습이지 않던가.

닭장 앞에서 나는 울고 있다. 닭들이 안쓰러워서가 아니라, 닭들을 대하는 아이들의 깊은 내면에 자리 잡은 욕망의 싹들을 보기 때문이다. 개인으로 보면 천사 같은 아이들이 집단화되면서 보이는 폭력의 실상이 겹쳐진다. 패거리에 동조하거나 방관하면서 무리에 끼지 못하면 낙오되는 자본주의적 경제법칙. 수단과 방법을 가리지 않고 제 욕심 채우고자 하는 인간 군상의 모습에 마음이 시리다.

측은지심惻隱之心이 없으면 인간이 아니라 했던가. 불쌍히 여기는 마음이 있어야 수오지심羞惡之心도, 사양지심辭讓之心도, 시비지심是非之心도 나오는 것이다. 2500여 년 전 맹자가 말했다는 인성이다. 소유하려는 본능과 소비적 욕망이 빚어내는 생명파괴와

폭력은 결국 인간으로서의 존재가치를 파탄 낼 것이다.

'나는 무엇을 해야 하나' 막막하기만 한데 한 무리의 닭들이 씩씩
하게 산길을 오른다.

수탉의 운명, 엄마가 된 암탉

사막의 오아시스, 자본주의적 이기심이 가득한 세상에서 인간과 자연이 공존하는 생태적 공간. 노아의 방주를 꿈꾸고 있는 것은 아닐까. 터 안의 어린나무들이 숲을 이루고, 비료와 농약이 없는 텃밭이 푸르름을 더해가면서 서원을 찾는 이들에게 나눌 달걀이 좀 더 많아졌으면 싶었다. 닭들을 늘리기로 했다.

1

시간이 지나면서 산짐승의 공격 횟수도 늘고, 하늘을 나는 매의 습격도 빈번해져 닭장을 넓힐 수밖에 없는 상황이 되었다. 닭들을 풀어 키우기는 어려운 상황이라 조금 넓은 공간의 울타리 안에서 안전하게 키우고 싶은 마음이었다.

또 다른 이유는 자족을 넘어 세상 속으로 나아가야 하는 '변화'의 필요성이었다. 사회적 협동조합으로 그 형식과 내용에 변화를 준 이유도 그랬다. 시작을 같이했던 이들이 떠났고, 새로운 변화를 도모할 이들이 모이는 과정이었다. 눈에 보이는 생동감을 불어 넣고, 더 많은 닭의 이야기를 통해 세상을 읽어가는 소통의 장이 되기를 바랐다. 또한, 달걀 나눔을 통해 말로 다 하지 못한 정을 나누고도 싶었다.

마침 서원을 자주 찾던 이가 연산 오골계며, 청계 등을 서원에 보내주려고 부화시키고 있다고 했다. 살림채 아랫단 텃밭으로 사용하던 50여 평의 터에 새 닭장을 지었다. 서원을 건축하면서 안전망으로 사용했던 아시바 파이프를 재단하고 클립으로 연결해 철망을 둘렀다. 알을 낳는 닭들과 부화한 병아리들이 지낼 공간을 둘로 나누어 구분했다. 비를 피하고 알을 낳을 수 있는 닭집도 따로 들였다.

지난겨울 매의 습격에서 살아남은 토종닭들과 다른 이가 키우다 이주시킨 십여 마리의 닭들을 먼저 입주시켰다. 사람들 입에 오르내리던 백봉 오골계를 키우고 싶어 장날에 병아리 티를 막 벗은 백봉 오골계 열 마리를 사 왔다. 병아리 몸값이 한 마리에 만원이나 되는 귀한 닭이었다. 일반 병아리의 두 배 가격이었다. 그렇게 스무 마리 정도가 한쪽 마당을 차지했다.

연이어 부화한 연산 오골계와 청계 스물다섯 마리를 다른 쪽 공간에 입주시켰다. 세대 균형에다, 다양한 품종의 닭들이 펼칠 무궁무진한 이야기들을 기대하며 닭장 안을 바라봤다. 자라 온 환경에 따라 무리를 지었다. 토박이 토종닭 서너 마리, 이주한 닭들이 또 서너 마리, 그리고 백봉 오골계 한 무리. 서로를 경계하며 탐색했다. 한쪽의 병아리들은 경계하는 것 없이 한 무리를 지었으나 이미 자란 닭들은 벌써 센 놈과 약한 놈이 구별되기 시작했다.

지난겨울에 뿌려 두었던 보리에 새싹이 올라오면서 텃밭이었던 닭장 마당은 싱그러운 초록 세상이 되었다. 병아리들은 새싹을 쪼아 먹고 벌레라도 잡는지 땅을 다 파헤쳐 놓았다. 곳곳에 보리 뿌리까지 파먹어 움푹 파인 작은 구덩이들이 생겨났다. 그곳에서 또 모래 목욕까지 해댔다. 보리 새싹 사이로 몰려다니는 병아리들을 보고 있자니 산과 들을 누비던 내 어린 시절 생각이 났다.

"서원이 꽉 찬 느낌이에요." 오는 이마다 감탄이었다. 가족과 함께 온 아이들은 시시때때로 닭장 앞에 몰려가 막대기를 들고 닭들에게 시비를 걸었다. 수탉이 날개를 활짝 펴고 위협을 하거나 목청껏 울기라도 하면 쪼르르 도망을 쳤다. 놀이 중 이만한 놀이가 또 있겠는가.

봄은 그렇게 시작됐다. 느티나무가 온통 초록 잎을 피워내고 매미 울음소리가 서원에 가득했다. 여린 병아리들도 어느새 몰라보게 자라 힘 싸움을 할 정도가 되었다. 여름을 맞이하면서 친소 관계에 따른 어미 닭들의 무리에도 미묘한 변화가 일기 시작했다.

2

백봉 오골계 열 마리가 가장 눈에 띄었다. 작고 민첩한 데다가 숫자의 우세까지 더해져 떼로 몰려다니는 모양새가 아주 가관이었다. 그중 세 마리가 수탉이다. 암탉들이 알 낳을 준비가 되면서 본격적인 수탉들의 서열 전쟁이 시작되었다.

"저놈들 저거, 양아치 아니야!" 한참을 지켜보던 이가 어이없단 듯 말문을 열었다. "참, 독특하네." 수탉들 사이에 서열이 정리되고 나면 왕의 자리에 오른 수탉이 암탉들을 차지하는 게 보통이다.

한데 이놈들은 세 마리가 몰려다니며 암탉들을 순서대로 올라탔다. 도망 다니는 암탉들은 일어나지 못할 정도로 초주검이 되었다.

한바탕 분탕이 일어나는 상황에서도 토종닭 두 무리는 멀찍이 떨어져 있었다. 토박이들과 이주한 닭들이 서로 겨누는 상황이 계속되고 있었다. 아랫단 닭장에서 이미 토박이 수탉이 밀려나 닭장 밖에서 노숙하다 생을 마감했고, 1인자가 된 수탉을 또 다른 수탉이 몰아붙여 전세가 역전된 듯했으나 삼일천하로 막을 내린 이력이 있었다. 조용히 그 광경을 지켜보는 또 다른 수탉이 있었다.

'곧 전쟁이 시작되겠군.' 수탉들이 너무 많지 않느냐라는 소리가 들렸다. 보통은 수탉 한 마리에 암탉 열 마리 정도인데 암탉 스무 마리에 수탉이 여섯 마리라. 그건 피할 수 없는 생존 본능의 전쟁일 수밖에 없었다.

주말 오후, 아이들이 닭장으로 달려갔다. 갈색과 검은색의 깃털에 덩치가 큰 수탉과 흰색이 많은 토종 수탉 두 마리가 날개를 세우고 두 발을 들어 서로를 찍고 있었다. 한 번, 두 번, 수없이 부딪치는 중에 서로 머리를 쪼아 벼슬과 부리에 피가 낭자했다. 결판이 나지 않은 모양이다. 숨 고르기를 한다. 탄성을 지르던 아이들도 흩어졌다.

결판을 내지 못했으니, 다음 날 또다시 전쟁이었다. 오늘은 끝장을 내려는 듯 진검 승부다. 공중에 떠올라 일합을 겨루는 순간, 한 놈이 툭 하고 몸통이 땅에 닿았다. 벌떡 일어난 놈은 쏜살같이 꽁지가 빠지게 도망쳤다. 승자가 가만있을 리 없었다. 쫓아갔다. 알 낳을 둥지 단 아래 머리를 처박고 꼼짝하지 않았다.

이후 상황은 어찌 되려나, 닭장을 기웃거리는데 이긴 수탉 주변으로 모든 암탉이 모여 있었다. 세상인심과 하나 다를 게 없었다. 싸움에 진 수탉을 눈으로 좇는데, 순간 번개같이 이긴 수탉이 숨어 있는 수탉을 찾아 쪼아댔다. 자지러지는 비명이 들리는가 싶더니 죽어라 닭장을 넘어 탈출했다. 결국, 완전히 쫓아냈군. 저놈은 다시는 우리로 돌아가지 못할 것이다.

옆 칸의 병아리들도 이제 병아리가 아니었다. 일반 오골계와 연산 오골계는 몸집에서 확연히 구별되었다. 일반 오골계는 강골이 있어 보이는데, 연산 오골계는 작고 여리다. 눈에 띄는 건 청계다. 몸집은 토종닭과 비슷한데 깃털에 푸른빛과 검은빛이 감돌았다. 수컷 징후가 드러나는 놈들이 여섯 일곱 마리 정도. 성장과 변화가 가져올 닭장 안의 세상은 또 어찌 되려나.

3

초란이 쏟아졌다. 일반 알의 3분의 2 크기 정도, 앙증맞은 알들이 색깔과 모양을 달리하며 이곳저곳에서 발견됐다. 기어코 울타리를 넘은 암탉들은 서원 툇마루와 장작더미 사이에 보금자리를 틀었고, 아침만 되면 무리를 지어 탈출 행렬에 가담했다.

이를 어쩌나 싶은데 사람이 오가는 길목이니 산짐승이나 매의 공격을 감시할 수 있겠다 싶어 그대로 두기로 했다. 여덟 알에서 스무 알 정도까지 달걀이 넘쳐났다. 초란은 딱 그 시기 아니면 먹을 수 없는 귀한 달걀이라 서원을 찾는 이마다 조금씩 나누어 주기 시작했다.

"청계 노른자는 정말 달라요." "색깔도 진하고 탱글탱글해요."

이구동성이었다. 마당에서 자란 건강한 닭들의 달걀은 게이지 양계장의 달걀과 사뭇 느낌과 맛이 달랐다. 때를 맞춘 듯 연일 살충제 달걀 파동으로 뉴스가 넘쳐났다. 그런 까닭에 서원 닭장의 달걀은 더욱 귀하게 여겨졌고, 선물로서의 값어치를 톡톡히 해냈다.

걱정은 수탉들의 정리 문제였다. 오골계 세 마리와 청계 세 마리, 수탉 여섯 마리가 암탉 스무 마리 정도와 공존해야 했다. 그중 서열 1, 2위가 독차지할 테고, 나머지는 꼬리 내리고 밀려날 시간이 다가오고 있었다. 수탉들을 빨리 정리해줘야 자기들도 안정되고, 암탉들도 부담스럽지 않을 터였다.

그런데 며칠 동안 서로 간을 보더니 오골계 사이에서도 청계 사이에서도 덩치에 따라 서열이 정리되는 듯했다. 이젠 오골계 승자와 청계 승자의 일대일 대결이 펼쳐지겠구나 싶었는데 조용한 날들이 이어졌다. 암탉들을 양분해 패를 나눈 무리가 일정 거리 두기를 하며 공존을 선택했다. 각각의 무리에서 2, 3인자 수탉들을 감시하고 견제하는 것이 더 중요한 모양이었다.

'닭들도 판세를 읽어, 전술이 있어.' 감탄하는데 순식간에 싸움이 시작되었다. 오골계 1인자와 청계 1인자의 대결이었다. 그러면 그렇지. 한 우리 안에서 서열 정리가 되어야 끝나는 싸움인걸. 서로의 힘을 시험한 모양이었다. 몇 번을 공중에서 부딪치던 놈들은 거리를 두고 자기 무리로 귀환했다. 당분간은 현상 유지겠지만 저 두 놈 중 한 놈은 찌그러지거나 탈출하거나 축출될 것이다.

청계중에 영리한 수탉 한 마리가 돋보였다. 울타리를 넘고 있는 암탉들이 서너 마리 보였는데 그 무리에 섞여 자기만의 일가를 이룬 것으로 보였다. 울타리 밖의 세상에서 유유자적 나무둥치 아래의 벌레들을 파헤쳐 사냥하며 암탉들의 수호자 노릇을 했다. 밤이 되면 무리를 이끌고 닭장 안 한 곳의 횃대에 쪼르르 앉았다. '하하, 제도권 밖의 독립된 영역을 확보했어.'

모든 닭이 울타리를 넘는 것은 아니었다. 마흔다섯 마리 중 예닐곱 마리. 울타리 안의 세상이 떡 하니 버텨주고 있으니 울타리 밖으로 나온 닭들도 돌아갈 곳이 있는 것일 거다. 선택이 다를 뿐. 아무래도 울타리 밖의 세상은 위험이 따르는 법이니까.

4

살림채 이 층 창문으로 닭장을 내려다보는데 울타리 기둥을 연결한 아시바 파이프 위에 매 한 마리가 턱 하니 앉아 있었다. 헐, 먹잇감을 찾는 중이네. 닭들은 그림자도 보이지 않았다. 위험을 감지하고, 비를 피하라고 지은 닭장 깊숙이 몸을 숨기고 있는 모양이었다. 후다닥 뛰어 내려와 달려갔더니 쓱 한 번 쳐다보고는 유유히 날아가 버렸다. '저놈 봐라. 아주 여윤데.'

지난겨울 마당에 놓아 기르던 때, 닭들을 사냥하던 매 한 마리가 있었다. 저녁먹이를 주러 갔는데 닭들의 자취는 없고, 매 한 마리가 닭장 안 깊숙한 곳에서 닭을 먹고 있었다. 밖에서 닭을 챘는데, 닭장 안으로 도망가는 닭을 놓지 않고 깊숙한 곳까지 이른 듯했다. 목과 심장을 꿰뚫어 내장을 먹고 있었다.

조용히 닭장 문을 닫고는 막대에 양파망을 둘러 잠자리채처럼 생긴 도구를 만들었다. 이렇게 가까운 거리에서 매와 마주하다니. 조금 겁이 나긴 했지만 뜰채처럼 한 번에 매를 낚아챘다. 어찌할까 고민하다 일단은 커다란 김장 통에 가두어 놓았다. 놓아주자니 계속되는 사냥을 방관하는 일이고 죽이자니 마음이 내키지 않았다. 고심 끝에 차에 싣고 멀리 가 놓아주려 했는데, 그새를 참지 못하고 통을 들이받아 주둥이에 피를 묻힌 채 죽어있었다.

'저놈은 조금 다른데' 오랜 시간 닭장의 조건들을 살피고 있지 않은가. 이 넓은 공간에서 매를 가둘 방법도 없고. 당장 울타리를 넘는 닭들이 걱정되었다. '하, 오늘은 수업이 있는 날이라 온종일 집을 비워야 하는데. 어쩌나.'

급하게 수업을 끝내고 닭장 있는 언덕길을 차로 오르는데 닭장 옆 텃밭 대추나무 언저리에 죽어있는 오골계 한 마리가 보였다. 울타리를 넘어 무리 지지 않고 늘 혼자 다니던 놈이었다. '헐, 당했네.' 급히 차를 세우고 여기저기 둘러보았다. 닭들이 진을 치던 산자락 초입에 한 마리. 닭장 문이 있는 길가에 또 한 마리. 몸통은 먹지 않고 내장만 먹고 간 사체들이 즐비했다.

망연자실해서 숨을 들이쉬고는 닭장 안을 들여다보았다. 태풍이 지나고 난 뒤의 고요함처럼 닭장 안도 분위기가 싸했다. '방심했어. 겨울이 시작되는 이때를 조심했어야 했는데.' 닭장 위에 망을 씌운다는 걸 가을걷이 때문에 미루다 후회를 낳았다. 살림채 이층을 쳐다보는데 2층 지붕을 바치고 있는 보머리 주변에 새똥이 덕지덕지 쌓였다. '저기에 잠자리를 마련했던 거야.' 그곳에서 닭장을 계속 노려보고 있었다는 것 아닌가.

죽은 닭들을 하나하나 대추나무 둥치에 묻어 주었다. 다음 날 아침 서둘러 닭 모이를 주고 보수 작업을 하려는데 닭들은 보이지 않고 한쪽 귀퉁이에서 무언가 움직였다. 매였다. 닭장 안에 들어와

백봉 오골계 한 마리를 먹고 있었다. 닭장 문을 열고 들어가자 그제
야 푸드덕 날개를 폈다. 저편을 보니 연산 오골계 한 마리도 당했다.

'이놈 봐라. 이건 배고파서가 아니라 사냥인데.' 늘 어리고 약한
놈들과 졸보들이 희생양이 되었다. 닭들을 지키지 못했다는 자책
감과 놀이처럼 사냥하고 있는 매에 대한 분노로 온몸이 후들거렸
다. 짧았던 평화는 끝이 났다.

5

해가 바뀌었다. 횃대가 있는 닭집 주변으로 비닐을 치고 월동 준비
를 하였다. 유난히도 추운 날들이 계속되자 동사하는 닭들이 생기
기 시작했다. 꽁꽁 언 닭들을 나무둥치 풀 섶을 헤치고 덮어주었
다. 땅도 얼어 묻어 주기도 어려운 터라 고양이 밥이 되기에 십상이
지만 그것 또한 겨울을 나는 들짐승들에게는 오랜만의 만찬일 것
이다. 뒷맛이 씁쓸하기는 했다.

이래저래 죽은 닭들을 제하면 남은 닭들이 서른다섯 마리 정도
였다. 두 배로 늘려도 충분한 공간이었다. 푸른색을 띠는 청계 알
은 신기하기도 해서 인기가 많아 청계 숫자를 늘리기로 했다. 스무
알은 밖에서 씨알을 구하고, 삼십 알은 서원에서 자체적으로 얻은
알을 합쳐 오십 개를 부화기에 담았다. 부화기 상자 틀은 내가 짜고
서원을 자주 찾는 이가 내부 장치를 마쳤다.

그리하여 그 봄날에 서른 마리 가까운 병아리들이 부화했다.
두 칸으로 나누어져 있던 중닭과 묵은 닭들을 한 칸에 몰고, 부화한
병아리들이 나머지 한 칸을 차지했다. 토끼장으로 지었던 나지막

하고 아늑한 곳에서 한 달여를 보내고, 드디어 닭장 마당으로 활갯짓을 하며 나오던 날. 닭장 안의 공기가 확 바뀌었다. 어린 생명이 뿜어내는 활기는 환희에 가까웠다.

그것은 또 다른 시작을 알리는 신호이기도 했다. 자족적이던 분위기를 뒤바꾸어 대중 속으로, 지역에 뿌리내리는, 삶터로서의 공동체를 향한 상징으로 말이다. 닭장 이름을 다문화 닭장이라 이름 붙였다. 토종닭, 오골계, 청계 등 다양한 모양의 외양과 습성을 가진 놈들이 얽히고 섞여 살아내는 세상 말이다.

주말에 찾는 이들과 캠프, 워크숍에 오는 이들의 단골 코스로 닭장 나들이를 하였다. 닭장 안의 세상을 통해 인간사를 이야기하는 인문학적 장치이기도 한 것이다. 때때로 수탉들을 걸러내어 가마솥 백숙이 차려지는 날은 특별한 잔칫날이 된다. 아이들이 닭장 안에 들어가 온기가 남아있는 알을 주어 올 때 느끼는 생명에 대한 경외감은 그 어떤 말로 대신할 수 없는 생명 교육이다.

지난해 칸을 나누어 동거하던 닭들이 한 칸에 모이자 보이지 않던 변화들이 포착되었다. 수탉의 수를 줄여 비율을 얼추 맞추었는데 1인자 수탉과 그 주변의 암탉들은 평화로운 데 반해, 그 무리에 끼이지 못한 수탉들과 암탉들은 이리 치이고 저리 치이면서 자기 영역을 확보하기에 하루가 분주했다.

눈에 띄는 건 암탉들의 미묘한 행동들이었다. 먹이를 먹을 때 쪼이는 놈들이 있고, 그렇게 무리에서 밀려난 암탉은 주변을 맴돌며 따돌림을 당하는 분위기였다. 외따로 떨어져 있는 암탉은 주변부 수탉들의 표적이 되었다. 이놈 저놈 올라타 등이 헐벗었다. 그런 수탉들을 내리쳐 보지만 온종일 지킬 수는 없는 일이었다.

결국, 숨을 거두었다. 얼마 지나지 않아 또 그런 암탉이 생겼다. 약한 순서대로 밀어내기 대상이 되는 모양이었다. 수탉이 한 판 붙어 서열 정리를 한다면, 암탉들은 약한 놈을 골라 하나하나 밀어내는 고도의 생존 본능을 지녔나 보다. 조금 무서워지기 시작했다.

6

한여름 살을 찌운 병아리들이 중닭에서 어미 닭이 되었다. 가을로 접어들며 닭장 안이 또다시 분주해졌다. 올해 나온 수탉들은 자기들끼리 서열 싸움을 시작했고, 암탉들은 이리저리 알 낳을 준비를 하고 있었다. 칸을 나누었던 의미는 이제 사라졌다. 다문화, 다세대로 통합되는 새로운 질서를 보고 싶어졌다.

두 칸을 나누었던 망의 중간을 들어 올려 서로 오고 갈 수 있는 통로를 만들었다. 올해 나온 암탉들 서너 마리가 이 칸 저 칸을 오고 갔다. 수탉들은 결코 경계를 넘지 않았다. 자기들의 영역을 지키며, 변화하는 상황을 조심스레 지켜보는 모양새다. 중간 망을 좀 더 넓게 들어 올렸다. 섞일 수 있는 장치를 만들었다.

경계가 조금씩 무너졌다. 기존의 수탉 칸으로 넘어갔던 청계 수탉이 혼쭐이 나 자기 칸으로 도망 온 이후 처음 월경이 시작되었고, 얼마간의 시간이 지난 후 서열 전쟁이 본격화되었다. 무리 지어 나누어지더라도 위계는 세워야겠다는 듯이. 그로부터 사흘여 토종 수탉과 젊은 청계 수탉의 한판 싸움에서 청계 수탉이 꼬리를 내리자 이번엔 오골계 수탉이 맞짱을 떴다. 뒤로 물러나자 또 다른 청계 수탉이 나섰다.

'음, 만만치 않은걸. 이건 세대 간 대결인데. 일단 잠복기에 접어들었어.' 토종 수탉이 자기 무리만을 보호하며 한쪽으로 비켜서자 일순간 경계가 무너졌다. 주변부 수탉들이 약한 암탉들을 골라 집중 공략을 하는 바람에 닭장 안에 또다시 양아치 바람이 불었지만, 통과의례인지도 모르겠다. 수탉들을 다시 한번 정리해야 하는 순간이 다가오고 있었다.

그러는 중에도 알이 쏟아졌다. 청계 알의 숫자가 일반 알의 숫자를 넘어섰다. 하루 열다섯 알에서 스무 알까지 절정에 이른 느낌이었다. 일주일 여간 잘 모아두었다가 주말 행사를 치를 때 15개들이 달걀 한 판씩을 나누었다. 사룟값에 보태 달라는 후원도 받았다. 감사하는 마음이 오가는 풍요로운 날들이었다.

'어쩌지' 알을 꺼내려고 갔는데 암탉이 일어날 기색이 안 보였다. '알을 품는 건가?'. '부화기에서 부화한 닭들인데!' 하루 이틀 새에 이곳저곳 알둥지에 암탉들이 자리를 틀었다. 토종닭 어미, 백봉오골계, 저건 청계. '부화기에서 나온 닭들이라도 특별한 놈들이 있는 거지' 제대로 자연 부화에 성공해 본 적이 없었는데 올해는 어미 닭들이 병아리를 몰고 나올 모양이다.

문제는 알을 품고 있는 둥지에 다른 암탉들이 하나둘 알을 낳아 놓았다. 알이 수북하게 쌓였고 알을 품던 암탉은 어찌할 줄 모르고 그 모두를 끌어안았다. 열 개 정도의 알만 남기고 상자를 별도의 공간으로 옮겼다. 그러자 암탉들이 둥지를 떠나 알을 품지 않았다. 결국, 그 자리에 둥지 입구를 막고 먹이통과 물통을 넣어 주었다.

나도 닭들도 수고로운 날들이었다. 그렇게 고생을 하고서도 어떤 둥지에선 한 마리의 병아리도 나오지 않았다. 또 어떤 둥지에

선 겨우 두 마리만 부화하였다. 드디어 자리 잘 잡은 어미가 열 마리 정도의 병아리를 품에 안았다. 토끼장으로 쓰던 병아리 유치원에 멀찍이 띄어 어미 닭 두 마리와 병아리들을 입주시켰다.

한 달여의 시간이 흐른 뒤 문을 열었다. '이제 마당으로 나와도 돼.' 좀이 쑤신 병아리들이 마당으로 나오려고 조바심을 내더니만 문을 열어주니 어미의 깃에 숨었다. 천천히 어미 닭이 움직이고 그 주변으로 품에 안긴 듯 병아리 떼가 움직였다. 눈물 없이는 볼 수 없는 경이로운 장면이었다. 옹기종기, 종종걸음, 작은 소리만 나도 어미 닭 깃을 파고들었다. 어린 녀석들을 품에 안은 어미 닭은 이제 더는 암탉이 아니었다. 엄마였다.

7

병아리들 주변에 다른 닭들이 얼씬거리기라도 하면 한쪽 날개를 펼치고 원을 그리며 병아리들을 지켜냈다. 땅을 헤치고 벌레를 쫓아가 쪼아대고는 병아리들에게 던져주면서 사는 법을 가르쳤다. 그러기를 한 달여 언제 그랬냐는 듯 병아리들을 자기로부터 밀어냈다. 머리를 쪼기까지 했다.

'닭이 사람보다 낫네.' 싶었다. 이제 컸으니 독립하라는 거 아닌가. 이제 다시 알을 낳고 자기는 자기 일을 하겠다는 것일 거다. 먹는 것도 잊은 채로 한 달여를 품어, 또 한 달여를 목숨처럼 아끼더니만, 다시는 돌아보지 않았다. 헌신과 냉정, 독립된 개체로서의 삶을 이루는 진정한 사랑이 아니던가.

해가 바뀌어 지난가을 자연 부화한 병아리들이 이른 봄부터 알을 낳기 시작했다. 주말 프로그램에 참여하는 이들이나 찾아오는 이들에게 나누어주고도 알이 남았다. 여성 농민단체의 꾸러미 사업에 납품하기로 했다. 매주 월요일마다 100알을 맞추기로 했는데 특별히 나누어야 할 주말 손님이 많아지면 곤란한 상황이 되었다. 서너 달을 그렇게 납품을 맞추다 보니, 이제는 납품을 위해 닭을 키우는 모양새가 되어버렸다.

닭 숫자가 늘다 보니 1년에 사룟값만 100만이 넘었다. 농사지으며 나온 부산물을 먹인다 해도 그건 건강한 닭들을 위한 보조 식품이지 주 식량은 아니었다. 닭장 똥 치우는 일도 이제는 노동이 되어버렸다. 퇴비 단을 만들어 뽑고 벤 풀들과 차곡차곡 천연 퇴비를 만든다는 생각에 똥 치우는 일이 즐거웠건만 냄새도 심해지고 똥을 치워야 하는 횟수도 늘어났다.

'허허, 이제 닭들이 예뻐 보이질 않네.' 어른 닭이 되고 1년여 정도 알을 잘 낳을 뿐 시간이 지나면 알의 숫자가 급격히 줄어드는 것도 문제였다. 큰 닭들은 잡아먹고 병아리들은 매년 그 숫자만큼 보강해야 유지되는 순환의 원리였다. 묵은 닭은 늘어갔고, 닭의 숫자를 늘리기에는 부담스러웠다.

'양계장 원리를 따라야 하는 거네. 접어야겠어.' 열 마리 정도면 어떻게 해 보겠는데, 이건 사룟값과 노동을 계산해야 하는 현실이 되어버렸다. 돈 벌려고 시작한 일이 아니었는데 이제 닭들이 알을 얼마나 잘 낳는가 하는 효용성으로만 보게 된 것이었다. '하, 초심을 잃었네그려.'

겨울바람이 얼굴을 할퀴던 날, 열 마리 정도만 아랫단 닭장으로 옮겼다. 나머지 닭들을 모두 처분했다. 한밤중 조용히 닭들을 통에 담았는데, 눈치챈 닭들의 아우성이 닭장 가득했다. 그해 겨울은 몹시 앓았다. 봄날을 기다려 닭장을 철거했다. 닭장 흙을 뒤집고 옮겨 정갈하게 텃밭으로 복구했다.

'3년 주기네.' 새로운 시도와 변화, 그리고 소멸. 이젠 몸도 마음도 이전 같지 않아 무서웠다. 초심으로 돌아가 새로운 모색이 필요한 시점이었다. '텃밭 정원을 만들어야겠어.' 텃밭이 꽃밭처럼 아름다운 세상 말이야.

한여름이 지나던 때, 먹이만 챙기고 뒤도 잘 돌아보지 않던 닭장을 유심히 들여다보았다. 생기도, 평화로움도 없는 그저 주어진 날을 살아내는 일상처럼 적막했다. 암탉 한 마리는 털 뽑은 통닭 모양을 하고 다리까지 절고 있었다. '몰골이 말이 아니네. 며칠 안에 죽겠어.' 그놈은 먹이를 줄 때마다 제일 먼저 절뚝거리며 다가와 모이를 먹었다. 눈물겨웠다. 차마 마주치지 않으려 애써 피했다. 그렇게 여러 날이 지났는데도 죽지 않고 버텼다. '헐, 대단한걸'. 좀 더 시간이 흐른 뒤 '살았어?' 거짓말같이 새털이 났고 무리 속에서 건강하게 지냈다.

긴 숨을 토해냈다. 그래, 나도 살아야겠어.

개
와
고
양
이

들고양이 '둥이'에 대한 보고서

1

둥이

사람들로 북적이던 주말이 지나고 나면 서원은 휑하니 허전했다. 달도 별도 없는 그믐밤. 무언가 튀어나올 것만 같은 어둠 속에서 낮은 포복의 조심스러운 움직임이 보였다. 등골이 오싹했다. 가로등 불빛에 드러난 것은 고양이들이었다. 가슴을 쓸어내렸다.

살림채에 들고서 몇 년 동안 익히 보아 온 고양이들이었다. 하나같이 잔뜩 경계하며 인기척만 있어도 소리 없이 몸을 감추는 녀석들이었다. 사람들이 다녀가고 나면 닭 뼈와 생선토막, 먹다 남은 고기들을 한쪽에 놓아두었다. 아랫집 개 난희를 배려한 것인데 밤에는 늘 고양이들의 몫이었다.

그날도 저녁 무렵 두엄더미에 음식 찌꺼기를 처리하러 가는데 새끼 고양이 한 마리가 두엄더미 근처에서 뼈다귀를 먹고 있었다. 발소리에 후다닥 물러나며 몸을 사렸다. 나도 모르게 '응 괜찮아 뼈다귀 더 있는데 갖다 줄게' 하고는 감자탕 먹고 남은 뼈다귀들을 챙겨 다시 갔다. 그때까지도 고양이는 그대로 서 있었다. 먹이 앞으로 조심스럽게 다가왔다.

몇 걸음 떨어져서 자세히 들여다보니 배 쪽은 희고 등 쪽은 검은 새끼고양이였다. 야옹~ 울음소리가 날카롭지 않고 들으면 들을수록 아기 울음소리처럼 애처로웠다. 한참을 그렇게 서 있다가 돌아서는데 녀석이 나를 따라왔다. '허 이놈 봐라.' 현관 앞에 이르러 내 주위를 맴돌았다. '그래, 배가 고픈 모양이구나.' 밥그릇을 챙겼다. 아랫집 개 난희를 위해 마련해 두었던 밥그릇이었다. 난희는 주인집에 묶여 몇 달째 보이지 않았다.

냉동실에 있던 용가리 치킨을 구워 작게 잘라 밥 위에 올려 주었다. 나도 모르게 손놀림이 바빠졌다. 그때까지도 고양이는 현관 앞을 떠나지 않고 있었다. 밥그릇에 먹이를 놓아주고는 잠시 당황했다. 아랫집 개 난희라면 꼬리를 흔들며 허겁지겁 밥그릇에 머리를 들이밀었을 것이다. 그런데 이 녀석은 밥그릇에 관심이 없는 듯 다리 사이를 비집고 들어와 등을 비비는 것이다. '그래. 고맙다고? 알았어. 어서 먹어.' 그래도 다리 사이를 떠나지 않고 계속 울어서 슬그머니 대문을 닫고 자리를 피해주었다. '얌~얌~' 맛있게 먹는 소리가 들려왔다.

다음 날 아침. 대문을 열었는데 어젯밤 그 녀석이 장작더미 근처에서 다가왔다. 뛰어오거나 꼬리를 흔들어 반가워하는 기색 없이 '야-옹, 야-옹' 소리만 입에 물고 느릿느릿 제 걸음으로 걸어왔다. '이놈 들고양이 맞아' 반가운 마음에 무릎을 구부려 머리를 쓰다듬었는데 가만히 있었다. 한참을 쳐다보다가 옆으로 누웠다. 경계를 풀었다는 표시다. '허허 이놈이 집고양이처럼 구네. 그래 아

침밥 먹자'

일하다 점심나절이 되어 앞마당으로 들어서는데 기다렸다는 듯 녀석이 다가왔다. 친근함을 표시하며 다리 사이를 비집더니 현관 옆 쪽마루에 있는 상자 안으로 들어가 누웠다. '하하, 거기가 네 집이라고…. 웃긴 놈이네.' 한편에 놓아두었던 천 조각을 깔아 주었다. 처음엔 그저 검은색 고양이라 '검둥이'라고 무심코 불렀다. 저놈이 업둥이네. 들어와 살겠다고 하는구먼. 그래, 이제부터 네 이름은 '둥이'다. '둥아, 둥아.' 그렇게 이름을 지어 주면서 그 녀석은 내게 특별한 존재가 되었다.

2
너도 외로운 게로구나

연못으로 통하는 주방 문을 열면 쪽마루다. 식사를 마치고 설거지하기 전에 앉아 담배 한 개비를 피우는 장소다. 바깥일을 하다가 커피 한 잔을 들고 연못을 바라보며 앉아 있는 쉼터이기도 하다. 평소처럼 커피 한 잔을 타고 담배를 피우고 앉아 있는데 '둥이'가 쪽마루 위로 뛰어올랐다. 내 몸에 등을 한 번 비비고 돌아서서 앞다리를 내 무릎 위에 올려놓았다. 잠깐 사이 책상다리를 하고 있는 무릎 위에 올라와서는 몸을 말아 둥지를 틀어 누웠다. '야옹' 하면서 얼굴을 올려다본다. '이놈이 꼭 집고양이처럼 구네.' 순간의 어이없음이 관계의 발전으로 이어지는 건 순간이다.

'너도 외로운 게로구나.' 울컥하는 심정으로 머리를 쓰다듬었다. 시끌벅적 사람들이 들고 난 후 혼자 남은 적막에 꽤 외로웠던 모양이다. 한 마리 들고양이와 내 모습이 겹쳐지니 말이다. 야옹거리며 앞발로 가슴을 타고 올라와 눈을 맞췄다. 황색 눈이라고 느꼈는데 세로로 타원형의 검은 눈동자가 보였다. 울음소리와 하는 행동은 영락없는 아기 행세인데 눈을 읽을 수 없으니 무섬증이 나기도 했다. 그런데 녀석이 무릎에서 내려갈 생각을 하지 않는다. 무심코 등을 쓰다듬고 배를 간질였다. 순간 기지개를 켜듯 앞다리를 죽 뻗으며 기분 좋은 자세를 취했다. 서로의 탐색이 끝났다.

그 후로 이놈 하는 품새가 가관이었다. 아침이면 현관 앞에서 문이 열리길 기다리며 야옹거렸다. 닭 모이를 챙기려 걸음을 떼면 물고기가 유영하듯 딛는 다리마다 몸을 비비며 따라붙었다. 아는 체를 하지 않고 걸으면 몇 걸음 앞서 나가 벌렁 드러누웠다. 참고 있던 웃음이 터져 나왔다. '그래, 아는 체하라고.' 등과 배를 쓰다듬고 목을 긁어주면 눈을 꼭 감고 턱을 내밀었다. 양쪽 눈썹이 초승달처럼 사뿐히 내려앉았다. 한 번은 모른 척 계속 걸어갔더니 앞발로 내 다리를 잡았다. 잠깐 멈춰 선 사이 발톱을 펴 바지를 타고 올랐다. '이놈. 인정 투쟁이 대단한걸.' 보아 달라는 것이다. 안아 달라는 것이다.

다른 사람들이 나타나면 예민한 반응을 보였다. 움칫거리고 몸을 사리며 뒤란이나 장작더미로 몸을 피했다가 나와 함께 이야기하거나 담배를 피우거나 하면 슬며시 나타나 주변을 맴돌았다. 내가 머리를 쓰다듬고 안심을 시키면 상대방에게도 은근슬쩍 다가가 아는 체를 했다. 그 사람이 쓰다듬고 정을 표하면 어느새 그 사람의 무릎에도 올라앉았다. '이놈, 들고양이 맞아요.' 저마다 새로운 경험이었다. 그런데 유독 아이들만 나타나면 숨어버렸다. 캠프에 참여한 저학년 아이들은 '둥이야'를 목매어 외치며 한 번 쓰다듬어 보려 안간힘을 썼지만 어지간해 곁을 내어주지 않았다. 아이들은 급하고 기다림에 서툴렀다.

아랫단 터의 토끼장에 토끼 네 마리가 입주했다. 가을 어린이 캠프에 맞춘 선물이었다. 캠프 기간 중 처음에는 아이들을 피해 멀찌감치 도망가 있던 둥이가 주변이 조용해지자 다시 나타났다. 토끼 먹이를 주는데 난데없이 둥이가 토끼장에 뛰어들었다. 토끼장 지붕을 지나 망만 쳐져 있는 토끼장 마당에 내려앉았다. 토끼들은 이리저리 흩어지고 난리가 났는데 한쪽 구속에 턱 하니 누웠다. 공격하지 않겠다는 의사표시였다. 혼자 있던 녀석이 자기만 한 동물들이 들어오니 친구가 되고 싶었던 모양이다. 다가가 보아도 이리저리 도망 다니는 토끼들을 보고는 이내 밖으로 나왔다. 그 후로도 몇 번 토끼장을 들락거리던 둥이는 체념했는지 나를 따라와서도 토끼장 밖에서만 야옹거렸다. 그 모습이 안쓰러워 '네 친구를 만나야지.' 머리를 쓰다듬었다.

3

평화로운 한때

서산으로 해가 숨고 나면 낮게 어둠이 깔렸다. 딱 그 시간이면 일을 끝내고 닭 모이와 토끼 먹이를 챙겼다. 한가로이 쪽마루에 앉아 있는데 둥이가 무릎에 올라오려고 앞발을 턱 하니 걸쳤다. 장독대에 어른거리는 물체가 있어 보니 누런 고양이다. 둥이와 비슷한 시기에 집 근처를 기웃거리던 고양이였다. 둥이는 동작을 멈추고 소리도 멈춘 채 그저 바라만 보고 있었다. 둥이와 형제일지도 모르고, 친구일지도 모르는 누런 고양이는 나와 나란히 앉아 있는 둥이를 먼발치에서 한참을 지켜보다 사라졌다.

'허, 이놈. 밥걱정은 안 하겠구나.' '며칠 사이 이놈 살찐 거 봐.' 보는 사람마다 한마디씩 했다. 매일 보다 보니 몸의 변화를 느끼지 못했는데 어느새 몸집이 아기 티를 벗었다. 그래도 울음소리는 영락없는 아기였다. 일상의 눈과 몸짓은 고요해 어떤 상태인지 읽기가 어려운데 울음소리만은 어떤 신호인지 금방 알아들을 수 있었다. 밥 달라고 할 때와 먹이를 먹으며 기쁨에 찼을 때 소리가 다르고, 친근함을 표시하는 소리와 놀아달라고 떼쓰는 소리, 경계할 때의 소리와 상대에게 겁주는 소리가 달랐.

가을비가 내리고 초겨울처럼 갑자기 추워진 날 밤. 쪽마루 아래로 옮겨준 상자 잠자리마저 추위를 견딜까 걱정하는 마음이 들어 현관 안에 잠자리를 마련했다. 상자에 헌 옷을 깔아 주었더니 제가 먼저 알고 뛰어 들어가 누웠다. '하, 너도 춥구나. 어찌 네 집인 줄 알고 자리를 잡니.' 집안으로 들일 수 없기에 내가 할 수 있는 최고의 배려였다.

그런데 다음 날 아침. 날카로운 둥이 울음소리에 중문을 열어보니 현관 안이 야단법석이다. 땅콩 담아둔 상자는 넘어져 흩어져 있고 여기저기 신발들이 난장이다. 열린 신발장 문을 젖히고 선반 맨 윗단에 웅크린 채 요란스레 울어대는 둥이를 발견했다. '하, 이놈이 갇혔다는 생각을 했구나.' '둥아, 괜찮아. 이리와' 하면서 안아서 내려주니 그제야 다리 사이로 몸을 비비며 울음소리가 평상시로 돌아왔다.

그 일이 있고 난 후 닭장까지 따라온 둥이는 닭들이 알을 낳는 선반으로 풀쩍 뛰어올랐다. 순간 눈빛이 빛나는가 싶더니 둥이가 몸을 말아 누웠다. '둥아, 거긴 닭들 알 낳는 데야. 가자.' 하는데도 꼼짝을 하지 않는다. 그날 밤 둥이는 집에 들어오지 않았다. 밤에 랜턴을 비추어 보니 그 자리에 둥이가 있다. '그래, 오늘은 거기서 자라.' 갇혔다는 공포에서 취한 둥이의 행동이었다. 다음 날 아침 닭들에게 쫓겨났을 둥이는 어스름할 무렵 집으로 찾아들었다.

가을 추위가 한 번 지나가고 날이 따뜻해지자 둥이 하는 모양새도 한결 생기가 돌았다. 늦은 점심을 먹고 오후 일하기 전에 커피 한 잔을 들고 쪽마루에 앉아 있으면 둥이 하는 모양에 시간 가는 줄을 몰랐다. '허, 저놈 똥 누는 모양 보소.' 반송 둥치에 앞발로 땅을 파더니 거기에 엉덩이를 들이밀었다. 사람 모양 뒷다리를 구부리고 앉아 일을 보고선, 다시 앞발로 흔적을 묻었다. '오, 깔끔한데' 여기저기 자신의 흔적을 남기며 똥을 싸 놓는 개들과 차원이 다른 느낌이었다.

'어쭈, 나무 오르는 솜씨가 다람쥐 뺨치는데' 유연한 몸동작으로 소나무와 은행나무를 오르내리며 사냥꾼의 본성을 마음껏 드러냈다. '저놈 뭘 먹어' 하면서 보니 사마귀를 어르며 물었다 놓았다 희롱하더니 씹어 먹었다. 하루는 쥐를 물어다 놓고 내가 나가니 앞발로 이리저리 채며 자신이 밥값은 했노라고 자랑을 하고 있었다. 이삼일이 지났을 무렵 무심코 털신을 신었는데 안에 무엇인가 있었다. 내 털신에 잡은 쥐를 넣어둔 것이다. 전리품을 확실히 증명하고 싶었나 보다.

햇볕 좋은 날 작은 평상에 몸을 편 채로 해바라기를 하고 있었다. 밤새 웅크렸던 몸을 풀면서 발가락 사이사이를 하나하나 핥았다. 뭉툭하던 발에서 발가락을 펴면 꼭 사람 손 같은 느낌이다. 발가락마다 발톱이 뾰족했다. 앞발 가락을 핥고는 뒷다리를 어깨 쪽으로 들어 올려 쪼그려 앉은 자세로 발가락 사이를 핥았다. 그다음엔 다리, 가슴, 등, 꼬리까지. 정성껏 털을 핥았다. '호, 그래서 늘 단정하구먼.' 하는데 이번엔 앞발을 뭉툭하게 말아 쥐고는 침을 묻혔다. 그리곤 그 발로 눈과 주둥이 주변을 비볐다. '아하, 저게 바로 고양이 세수로구나.'

평상 한쪽에 엉덩이를 걸치고 누워 있는 둥이의 머리를 쓰다듬었다. 턱밑을 쓰다듬으면 눈을 꼭 감고 초승달 모양을 한 채 턱을 젖혔다. 배를 쓰다듬으면 온몸을 펴 기지개를 했다. 뒷발로 내 손을 잡고 송곳니를 드러내지 않는 이빨로 물고 핥고 한동안 정신이 없었다. 그리곤 앞발을 내 다리에 턱 걸쳐놓고 무릎에 오르려 했다. 앞발을 쥐고 발톱을 펴보니 고리 모양의 발톱이 날카로웠다. 교감하는 관계에선 발톱을 구부려 뭉툭한 발이 되지만, 사냥과 적대적 관계에선 발톱을 드러내리라. 평상시 발톱은 숨겨져 뭉툭한 발이지만 상황에 따라 언제든 발톱을 드러낼 수 있다. 짐승이나 사람이나 본성이란 같은 것이다. 관계 맺기에 따라 달라질 뿐.

4

야생의 세계

며칠 새 유난히 고양이 무리가 눈에 많이 띄었다. 그중 누런 바탕에 흰 띠가 있는 덩치 큰 고양이가 유독 위협적이었다. 처음엔 몰랐는데 둥이와 꼭 닮은 고양이가 한 마리 더 있다는 사실도 확인되었다. '둥아…'하고 불렀는데 그냥 쓱 지나쳐가는 것이었다. 둥이라면 금방 다가왔을 텐데. 한눈에 봐도 형제라는 걸 알 수 있었다. 이놈은 어느 순간 나타났다가 이내 자취를 감추고는 했다. 둥이 또래의 누런 고양이는 늘 하던 대로 조심스레 주변을 기웃거리고 있었다. 고양이라기보다는 강아지에 더 가깝게 느껴졌다. 작고 검은 물체가 닭장 주변과 토끼장 주변을 기웃거렸다. 사방이 고양이 무리였다.

둥이 밥그릇에 남은 밥을 누런 고양이가 먹고 있는데 둥이는 그 모습을 지켜보고만 있었다. 어느 날인가 날카로운 울음소리에 쫓아가 보니 다른 고양이가 후다닥 줄행랑을 쳤다. 둥이 먹이를 탐하는 침입자의 으르렁거림이었다. 둥이는 자기 먹이를 다른 고양이가 먹어도 소리 내어 쫓지 않았다. 멀리서 지켜볼 뿐인데 오히려 침입자들이 난리였다.

그 일이 있고 난 후부터 둥이는 먹이를 먹으면서도 경계를 늦추지 않았다. 뒷발을 구부리고 꼬리를 휘감은 채 '양양…' 맛있는 소리를 내며 먹던 일상에서 뒷발과 앞발을 살짝 구부린 채 수시로 주변을 경계하며 먹이를 취했다. 날이 추워지면서 먹이 다툼이 치열해지기 시작했다. 그날 밤 쪽마루 아래 잠자리에 둥이가 없었다.

다음 날 아침에도 둥이 모습은 보이지 않았다. 다른 곳으로 옮겼나 싶기도 해서 아침밥을 챙기지 않은 채 일을 시작했다. 산에서 땔나무를 할 시기였다. 늦가을이지만 며칠씩은 초겨울 날씨인지라 구들방에 불을 지피는 날이 많아졌다. 산 중턱에서 간벌해 놓은 나무들 가지치기를 하고 있는데 저만치 산자락에서 집으로 가는 둥이 모습이 보였다.

둥이는 집으로 바로 가지 않고 현관문이 보이는 둔덕에서 한참을 서 있었다. 낯선 모습이다. 안전을 확인하고 있는 게 틀림없었다. 한 지게 짊어지고 내려와 보니 둥이가 보이지 않았다. '허, 이놈이 어디로 갔나…' 치근거리는 게 귀찮기도 하더니만 막상 보이지 않으니 허전했다. 오후 내내 모습이 보이지 않는 둥이를 이리저리 눈동자가 찾고 있었다.

어둠이 지는 시간, 닭과 토끼 먹이를 챙겨주고 집으로 들어가는데 살림집 옆 창고 쪽에서 둥이 소리가 들렸다. 둥이는 내 기척 소리에 뒷다리를 절며 다가왔다. "둥아 왜 그래?" 왼쪽 뒷발은 아예 땅에 딛지도 못했다. 애처로운 울음소리가 이어졌다. 어찌 된 일인지 살펴보려고 쪼그려 앉았더니 무릎 사이로 파고들었다. 절고 있는 다리를 만져보니 다행히 물린 상처는 없어 보였다. 하지만 다리를 펴지 못하고 부들부들 떨었다. 마사지하듯이 다친 다리를 비벼주었다. '밥 줄게' 하면서 집으로 가는데 쩔뚝쩔뚝 따라오는 둥이. '상처받고 집에 온 아이'를 보는 어미 심정. 내 마음이 꼭 그랬다.

저녁먹이를 주고는 현관 안에 헌 옷가지를 깐 상자를 새로 마련했다. '이제부턴 이 안에서 자.' 하면서 둥이를 안아 상자에 눕혔다. 축 늘어진 몸으로 아픈 울음만 내뱉었다. 먹이 그릇도 안으로 들이고 외부 침입자들로부터의 보호 장치를 마련했다. 다만 지난번처럼 갇혔다는 느낌을 주지 않기 위해 둥이가 들락거릴 수 있게 현관문을 열어 두었다. 다음 날 절뚝거리는 다리를 끌고 따라다니며 내 주변을 떠나지 않았다. 저녁을 먹고 누워서도 끙끙 앓는 소리를 냈다. 사방을 경계하느라 몸은 잔뜩 긴장되어 있었다.

몸을 추스르는 속도가 생각보다 빨랐다. 삼 일째 되는 날부터

는 예전 모습을 되찾았다. 다시 나무 위를 오르고 평상에 누워 해바
라기를 하는 평화가 찾아들었다. 그날 밤 둥이가 자는 현관 쪽이 소
란스러웠다. 서로가 겨루는 날 선 울음소리였다. 시계를 보니 새벽
세 시. 아침에 문을 여니 둥이가 보이지 않았다. 또 한 번의 힘겨루
기가 있었던 모양이다.

5

개와 고양이

'어, 난희네.' 아랫집 개 난희가 일년 여 만에 올라왔다. 그동안 주
인집에 묶여 있어 볼 수 없었는데 새끼를 낳고 풀린 모양이다. '아
이고, 난희야. 그새 많이 늙었네.' 축 처진 젖에 혹까지 하나 달았다.
삐쩍 마른 모습으로 '나 왔어요.' 하듯 반가워하며 꼬리를 흔들었
다. 아주 난감했다. 늘 입에 맞는 먹이를 챙겨주었으니 난희는 기
대를 안고 올라왔을 터였다. 허나, 개와 고양이는 견원지간인지라
난희에게 먹이를 챙겨주는 순간 둥이는 경계 밖으로 밀려날 수밖
에 없었다.

　눈을 맞출 수가 없어 피하는데 난희는 순식간에 현관문 틈을
비집고 들어갔다. 어, 하는 사이 둥이 밥그릇에 남은 먹이를 싹싹
훑고는 성에 차지 않는지 밥그릇을 중문 쪽으로 밀어붙여 놓았다.
저녁 무렵 둥이 밥을 챙기다가 둥이 잠자리 상자 안에 싸놓은 똥을
보았다. '헉, 난희 심술이 대단한데.' 한껏 영역 표시를 하고 간 셈이
었다. 똥을 치우고 옷을 뒤집어 깔아 놓았다.

　밤에 나타난 둥이는 밖을 경계하며 밥을 먹고는 문밖으로 나갔

다. 그날 밤 둥이는 현관 안 상자에 들어가지 않았다. 분명 난희의 경고가 먹힌 셈이다. 쪽마루 아래에 둔 둥지에 잠깐 들어갔나 싶더니 그곳에도 보이지 않았다. 그때로부터 둥이는 집 주변의 보금자리 외에 비상 아지트를 마련한 듯싶었다.

아침에 나타나 먹이를 먹고는 집 주변에서 해바라기를 하거나 나를 따라다니며 장난을 치다가 어느새 보면 없다. 저녁을 먹고는 마실을 가는지, 몸을 피하는지, 아니면 정분이 났는지, 사라졌다가는 나타나기를 반복했다. 나와 마주치면 다리를 붙잡고 늘어지거나 안아달라고 타고 오르려 애를 썼다. 주변의 심상치 않은 변화가 내 손길을 더욱 필요로 하는지 모를 일이다.

사람들이 들어오고 아래 식당이 분주한 가운데 가마솥에선 닭이 끓고 있었다. 둥이도 냄새를 맡고 기웃거리는데 난희가 나타났다. 둥이는 보이지 않고 난희만 내 뒤를 졸졸 따라다닌다. 계단을 타고 오르내리는데 난희는 계단을 오르지 못하고 빙 돌아서 다닌다는 사실을 처음 알았다. 고양이가 계단과 난간을 자유자재로 타고 오르는 것과 다른 모습이다.

난희의 수고에도 나는 눈길을 주지 않았다. 자신의 기득권을 똥으로 영역 표시한 대가일지 모르겠다. 둘 다 챙기지 못할 때 어느 한쪽을 선택할 수밖에 없는 미묘한 감정에 마음이 시끄러웠다. 어둠속에서 둥이 울음소리가 들렸다. 어디선가 지켜보고 있었으리라.

며칠 후 닭 모이를 주러 내려와 있는데 난희가 나를 지나쳐 집으로 올라갔다. '어, 둥이 있는데.' 현관 옆 쪽마루에 있었을 둥이가 황급히 반송 나뭇가지에 몸을 숨기고 웅크린 채 경계하는 모습이 보였다. 이곳저곳 먹이를 찾아다니던 난희는 나를 보자 꼬리를 심하게 흔들며 애원의 눈길을 보냈다. 나는 그저 가만히 서 있는 수밖에. 그 순간 둥이가 현관 옆 쪽마루에 올라서더니 난희를 보고 으르렁거렸다. '헉, 고양이가 개하고 맞장을 떠?'

'둥이야' 하고 부르며 쪽마루에 앉았다. 둥이는 내 옆으로 와 자기가 이곳의 주인임을 확인시키며 난희에게서 눈을 떼지 않았다. 지난해까지 고양이만 보면 쫓아내던 난희는 이제 자기가 손님인 것을 아는 분위기다. 둥이 눈치를 보면서 내 주변을 돌다가는 근처에 앉아 내 처분을 기다리고 있었다. 눈을 마주치기가 미안해 딴짓을 하는데도 난희는 한참을 머물다 갔다.

"개가 지닌 조건 없는 사랑과 의리에 감동한 순간, 고양이의 자존감과 독립성에 감탄하는 순간이 있었을 것이다."라는 글을 본 적이 있다. 개의 조건 없는 사랑과 의리는 주인에게만 해당한다. 먹이를 주는 사람에게도 꼬리를 치며 구애를 하지만 주인만큼의 충성심과 애정을 표하지는 않는다. 고양이는 사람에게 꼬리를 치지 않는다. 먹이를 덥석 물지도 않는다. 조심스럽게 다가오고 상대를 파악해가며 교감한다.

집고양이가 사람과 교감하지만 성장하면 집 밖으로 나가 들고양이가 된다. 둥이가 제 발로 찾아 들어왔듯 어느 날 떠나갈 것이다. 지금은 내게 밥을 구하고 있지만, 야생의 세계에 존재하는 생존 법칙을 병행하고 있다. 집안으로 들여 집고양이를 만들지 않으려는 내 생각과도 일치한다. 발톱이 드러나지 않은 뭉툭한 발로 맺는 관계가 있고, 자신의 생존을 위해 발톱을 세워야 하는 관계도 있다. 거스를 수 없는 운명이다.

6

'둥이'와 '동이'의 동거

한겨울에 접어들면서 '이건 뭐, 개판이 아니라 고양이 판이네' 할 정도로 밥그릇을 넘보는 고양이들이 눈에 띄게 많아졌다. 밥 주는 시간을 어찌 그리도 귀신같이 아는지, 어느 곳에 있다가 나타나는 것인지 가늠조차 할 수 없었다. 밥그릇 주변을 맴돌다 내가 나타나면 순식간에 자취를 감추곤 했다.

문제는 둥이였다. 다리를 절뚝거리며 나타난 이후 둥이는 밥을 먹으면서도 끊임없이 경계하며 주변을 살폈다. 대문 밖에 두었던 밥그릇을 대문 안으로 옮기고 밥을 먹을 땐 문을 닫아 주었지만 불안한 모습은 좀처럼 나아지지 않았다. 스스로 대문을 조금 밀어내고 밖을 주시하고는 했다. 이게 화근이었다. 열린 틈 사이로 순식간에 머리를 디민 고양이들이 둥이를 쫓고 먹이를 가로챘다. 우당탕 소리가 나 중문을 열면 도둑고양이는 줄행랑을 놓았다. 웬만한 정도는 둥이가 물러나 중문 앞 탁자 위에 올라가 있지만 센 놈일 경우는 아예 신발장 안 선반 구석에 몸을 숨겼다.

주인 노릇을 할 의사도 없고, 힘도 없어 보였다. '저놈, 바보 아니야!' 하면서도 악착같이 자기 밥그릇 지키려 하지 않는 둥이가 더 마음에 드는 것은 어찌할 수 없었다. 손님들로 인해 서너 마리의 닭백숙을 끓인 후 남은 뼈다귀들을 모아 놓고 한 주일여 나누어 주었을 때였다. 먹이 걱정 없는 날들이었다. 닭 국물에 뼈에 붙어있는 살까지 풍성한 식탁이 끝나갈 무렵 남은 닭 뼈들이 둥이 밥그릇 주변에 흩어져 있었다.

그때 못 보던 고양이 한 마리가 나타났다. '어, 새끼 고양이네.' 주변에서 보이던 누런 고양이와 꼭 닮은 새끼 고양이였다. 둥이 삼분의 일가량 몸집에 '아옹, 아옹'하는 아기 소리를 내며 문틈으로 머리를 넣었다 뺐다 애를 썼다. 둥이는 밥그릇에서 한 발짝 물러나 있었다. 그러기를 며칠, 저녁밥을 주는데 열린 문틈으로 쑥 들어와 둥이 밥그릇에 머리를 들이밀었다. 밥을 먹고 있던 둥이는 쫓지 않고 자리를 내주었다. '허, 동생 챙기는 거야.' 웃음을 참으며 그 모습이 신기해 여러 번 중문을 열어보았다. 그때마다 새끼 고양이는 놀라서 문틈으로 나갔다가는 다시 들어오기를 반복했다. '괜찮아.' 하는데도 나만 보면 줄행랑을 놓았다.

'참, 둥이는 특별한 경우야.' 속말을 하며 쪽마루 아래 둥이 잠자리를 보는데 새끼 고양이가 같이 들어가 있었다. 새끼고양이의 눈이 말똥말똥했다. '하하, 그래 너는 동이로 하자. 둥이가 겨울에 춥지 않겠구먼.' 아침에 작은 동이는 나가고 없었다. 예전에 머물던 곳에 갔으려니 하고 둥이 아침밥을 주었다. 둥이는 계속 밖을 주시하며 밥을 절반이나 남겨놓고는 수시로 현관을 드나들었다. 이전의 경계하는 눈빛이 아니라 기다림의 몸짓이었다. 한참 후에 보니 밥그릇은 비어 있었고, 둥이와 작은 동이가 나란히 상자 안에서 낮잠을 자고 있었다.

울컥, 눈가에 이슬이 맺혔다. '둥아, 너도 형제가 생겼구나.' 야생의 세계에서도 인간 세상만큼이나 돌봄의 정서가 있음에랴. 내가 문을 열면 둥이는 내 바짓가랑이를 잡으며 따라오고, 작은 동이는 저만치 도망가 눈치를 봤다. 쪽마루에 앉아 담배를 피우려면 영락없이 둥이가 무릎 위로 올라와 자리를 잡았다. 속정을 털어놓듯

초승달 눈을 하고는 잠자듯 꼼짝하지 않았다. 일어서려면 몸을 축 늘이고 일어나지 못하게 앞발로 내 무릎을 눌렀다. '하, 이놈 참.' 그 순간에도 작은 동이는 눈치만 볼 뿐 다가오지는 않았다.

보기엔 복스럽고, 치우기엔 부담스러운 눈이 천지를 뒤덮은 날. 대문 안과 밖, 쪽마루를 무대 삼은 둥이와 작은 동이의 의도하지 않은 연출에 넋을 놓고 있다. 나와 작은 동이 사이에 '둥이'가 징검다리가 되어 한 남자와 두 마리 들고양이의 동거가 새로이 시작되고 있었다. 한겨울 마음의 평화로다.

고양이 '동삼'이와 강아지 '행자'에 대한 보고서

1
짧은 만남, 긴 그리움

행복한 순간은 영원하지 않다. 만남에는 헤어짐이 정해져 있다 했던가. 잠깐 사람들이 머물다 간 후에는 나와 둥이, 동이만 남았다. 인간과 고양이 두 마리가 맺은 새로운 가족이었다. 닭이나 토끼에게서는 느낄 수 없는 다른 교감이다. 그렇게 산속의 평화와 행복이 이어졌다.

학교의 겨울방학 동안 청소년 여행학교 일정이 시작되었다. 한 달여의 인도 여행길이다. 서원 안의 닭이며 토끼, 고양이들의 먹이 챙김이나 건물의 동파 관리, 첫날의 계획 등 머리가 복잡했다. 더구나 해외여행은 처음이기도 해서 망설여졌으나 처음으로 청소년들과 길 위의 배움터를 시작한다는 책임감으로 나선 길이었다.

운영진이 돌아가며 서원을 책임지기로 하고 길을 나서던 날. 둥이와 동이가 떠나는 차를 한 참 쳐다보았다. '집 잘 지키고 있어.'

하면서도 돌아왔을 때 둥이와 동이가 이곳에 있으리라는 생각은 하지 못했다. 어딘가 또 다른 보금자리를 찾아가겠지 했다.

그렇게 돌아온 서원에 거짓말처럼 둥이와 동이가 있었다. 집 잘 지키고 있었다는 듯, 어서 오라는 듯. 또 한 번의 겨울을 난 둥이와 동이는 이제 어른 고양이 몸집을 하고 있었다. 고양이들은 성년이 되면 집을 떠난다는데, 이놈들은 대체 뭐지. 정분이 나서 집을 떠나거나 자기 영역을 새로 찾거나. 그러고 보니 둥이나 동이 모두 수컷인 모양이었다.

'하하, 그래서 식구가 늘지 않았구먼. 다행이네. 고양이 서원이 될 뻔했는데.' 아침밥을 먹고는 사라졌다가 저녁 무렵 집으로 돌아왔다. 비 오고 난 뒤 한 키 자란 풀들을 뽑는데 나무 둥치 아래 풀 더미에서 둥이와 동이가 뒹굴며 노는 모습이 보였다. 온종일 저리 다니는 모양이네. 떠날 때가 된 모양이야.

해가 바뀌어 일을 나섰다. 서원을 완공하고, 일을 시작하는 2년여. 뒤를 맡아 줄 이들에게 맡기고 해오던 살림집 짓는 일을 통해 재정을 감당키로 했었다. 다행스럽게 지인의 집을 짓게 되어, 현장 옷 보따리를 챙겨 떠나던 날 아침. 차가 출발했는데 백미러로 둥이가 보이는 것이 아닌가. 차를 멈추었는데, 그 자리에 앉아 이별 인사를 하듯 한참을 그러고 있었다.

한 달 만에 잠깐의 짬을 내 서원에 들렀다. 둥이와 동이가 어찌 살고 있는지 궁금해 여기저기 찾아보았다. 자취가 없었다. 그러기를 여러 번. 해가 바뀔 때까지 둥이의 모습은 보이지 않았다. 가끔 동이만이 혼자서 남의 집 들락거리듯 모습이 보일 뿐이었다. '아, 그게 마지막 인사였어.'

자리를 비운 동안 서원 이곳저곳은 풀밭으로 변했다. 봄에 잠깐 들어와 부추 씨앗을 뿌리고, 대파 모종을 심고 갔는데 자취를 찾을 수 없었다. 가을에 다시 옮겨 심고, 손닿는 만큼 애써 보았지만, 빈 자리의 공백은 감출 수가 없었다. 그 사이 사람들의 공백은 더욱 커졌다. 무언가를 함께 도모한다는 것이 '내 일' 같기가 어디 쉬운가.

밖의 일도 심란하고 내부는 더욱 심란한 가운데서도 2차 청소년 여행학교가 북인도 네팔로 정해졌다. 발은 진흙탕에 빠졌어도 손은 하늘을 가리키라 했던가. 밥이 목으로 넘어가지 않았지만, 길을 계속 가려면 먹어야 했다. 걷고, 걷고, 또 걸었다. 히말라야산맥 안나푸르나 베이스캠프에 정점을 찍고. 떠남과 만남과 돌아옴의 여행길에서, 다시, 나의 자리로 돌아왔다.

2
새 식구 '동삼'이

대문을 여는데 '동이'다. 주인이 돌아온 것을 어찌 알았는지 문이 열리자 쪽 다리 사이를 감싸며 다가왔다. 이전에 없던 애정 표현이다. '그래, 돌아왔구나. 동이 형은?' 엉덩이를 바닥에 붙이고 고개를 들어 눈을 마주 보았다. 말귀를 알아들은 듯 슬픈 눈빛이다. '응, 떠났구나. 동이가 많이 외로웠겠어.'하는데 목이 메었다.

아침저녁으로 대문 앞을 찾는 동이는 먹이를 먹고는 바로 가지 않고 한참을 쪽마루에 앉아 있었다. 동이를 기다리는 것일까. 그리움일까. '너도 혼자네. 나도 혼자가 됐는데.' 말을 하면 할수록 외로움이 뼛속에 사무쳤다. 사람이나 짐승이나 혼자가 된다는 건 '일상’의 소멸이기도 했다.

비 오는 저녁 동이 뒤에 또 하나의 그림자가 보였다. ‘하, 식구를 데려온 모양이구나.’ 했는데 어딘가 몸이 많이 불편해 보였다. ‘아픈가 보네’ 하면서 밥그릇을 챙겨주는데, 으르렁거리면서 먼저 머리를 들이밀었다. 동이는 한 발짝 물러나 기다렸다. 밥을 다 먹고는 인사도 없이 휭하고 가버렸다. 도둑고양이처럼 그렇게 몇 번을 동이 밥그릇을 기웃거렸다.

한데, 어느 날 저녁 동이 잠자리로 마련해 준 쪽마루 아래 상자에 녀석이 있었다. ‘어라, 이젠 집에 들어와 살겠다는 건가?’ 마음이 내키지는 않았지만, 동이가 데려왔으니 받아들이자 싶었다. 이틀 뒤, 잘 있나 상자를 들여다보았다. 누런 고양이와 새끼고양이들이 꼬물거리고 있었다. ‘뭐야, 새끼를 낳은 거야’

‘새끼 낳으라고 동이가 데려온 거였네.’ 싶었다. 참 이상한 경우다. 고양이들은 암수가 함께 가족을 이루지 않고, 독립생활을 하는데. 어미 고양이들은 보았어도 그 옆에 아빠 고양이가 있다는 말은 들어보지 못했다. 동이는 주변에서 보초를 서듯 떠나지 않고 자리를 지키고 있었다. 일주일 정도가 지났을까. 젖도 안 뗐을 텐데 어미가 없었다. 그날 밤에도, 그다음 날에도 어미는 보이지 않았다. 상자 안에는 동이가 어미를 대신해 새끼를 품에 안고 있었다. 낮에는 무언가 부지런히 먹이를 물어왔다. 꼬물꼬물 상자 밖으로 기어나오긴 했지만, 아직 사료를 먹기엔 일렀다. 우유를 챙기고, 참치 통조림을 따고, 생선 통조림에 밥을 비벼주었다. 동이는 새끼들 밥에 입을 대지 않았다. 그저 한편에 있는 사료를 먹었을 뿐이다.

그 뒤로도 어미는 모습을 보이지 않았다. 그럼 동이가 아빠였던 거야. 그런데 새끼들 모양을 보아하니 검은 털에 흰 무늬, 예전의 둥이 모습 그대로였다. '설마, 둥이 새끼들이라고.' 둥이는 그야말로 보호자로만 보였다. 어미 모습도 아비 모습도 아닌, 그저 묵묵히 새끼들을 지켜내고 있는 맘씨 좋은 아저씨. 풀리지 않는 족보에 고개를 갸우뚱하는 사이 잘 먹은 새끼 고양이 네 마리가 둥이를 따라서 온 마당을 휘저어 놓았다.

캠프에 오는 아이들은 고양이들을 쫓아 서원 곳곳을 누비고 다녔다. 쪽마루에 둥이와 새끼 고양이 네 마리가 나란히 앉아 있다가도 발걸음 소리만 들리면 뒤뜰로 숨었다. 머리 한 번 쓰다듬어 보려 안간힘을 써도, 애타게 고양이들을 불러도 허사였다. 밥을 주는 내가 머리를 쓰다듬으려 해도 정색을 하곤 줄행랑을 놓았다.

'이놈들은 정붙이려 하지 않네. 야생성이 남아있어.' 애착 관계는 아니었다. 밥과 잠자리를 구하는 것일 뿐. 지금은 없는 둥이가 더욱 그리운 날들이었다. 새끼일 때 고양이 네 마리와 성년이 된 고양이 네 마리는 분위기가 전혀 달랐다. 둥이는 언제부턴가 집을 비우는 날이 많았고, 완연하게 성년이 된 고양이들은 둥이를 따라 외출하는 횟수가 늘었다. 세 마리, 두 마리 보이는 고양이 숫자가 줄어들더니 어느 날부터인가 딱 한 마리만 상자 안에서 잠을 잤다.

둥이가 한 마리만 남기고 모두를 독립시킨 모양이었다. 그해 겨울을 넘긴 새끼고양이는 서원을 자기 집으로 정한 듯 예전의 '둥이' 모습을 하고선 내 발걸음에 맞추어 원을 그렸다. 졸졸 따라다니는 모습이 강아지처럼. 둥이가 내게 자식을 남기고 간 모양이었다. 새 식구였다. '이름을 지어 주어야지. 너는 동삼이라고 하자.'

3
강아지 '행자'

업을 접고, 서원에 아주 들어왔노라 하니 캠프에 함께 참여하는 조카들이 강아지 한 마리를 선물로 가져왔다. 집 안에서 기르는 진돗개의 새끼 중 한 마리를 분양받은 것이었다. 아직 어리다고 작은 누이가 집에서 한 달여를 키워 보냈다. 작은 누이와 조카들이 '행인'이라고 부르자 했다. 서원 이름이 행인서원이니 '행자'라 부르면 어떻겠냐 했다. 행인서원의 '수행자'. 어울리는 이름 아닌가.

닭이나 토끼를 비롯해 들고양이까지 먹이를 챙기고 돌보는 것은 다 가능한 일이었지만 '강아지'는 조금 다른 느낌이었다. 사람처럼 늘 관심을 두고, 간식을 챙겨주고, 예뻐해 주어야 했다. 행자가 오기 전 큼지막하게 개집을 지어 자리를 잡아 두었다.

'순둥이네'. 오고 가는 사람마다 한마디씩 거들었다. 집안에서 나고 자라서 그런지, 사람에 대한 경계가 없었다. 다가가기만 하면 발랑 누워 애교를 부리는 게 부담스러울 정도였다. 꽃샘추위가 아직 남아있던 봄날에 처음으로 목줄을 하고 밖에 묶어 두었다. 이젠 제법 진돗개 티가 났다.

캠프에 오는 아이들이며, 주말에 찾는 어른들도 행자를 만나려고 일부러 발길을 옮겼다. 모두의 사랑을 받고 있다 싶은지, 짖는 것을 보지 못했다. 그저 꼬리를 흔들고, 앞발을 들어 인사를 하고, 쓰다듬기라도 하면 배를 드러내고 누웠다. 외부에 대한 경계가 아니라 손님을 맞이하는 주인의 모습이랄까.

목줄을 한 번 풀어주었더니 천지 사방으로 뛰어다녀서 농사를 짓는 봄부터 가을까지는 그저 묶어 둘 수밖에 없었다. 눈 내린 겨울 날 목줄을 풀고 처음으로 뒷산을 올랐다. 고라니 흔적인지, 멧돼지 흔적인지 온 산을 누비는 행자는 진돗개로서의 본성이 서서히 드러났다. 고양이나 낯선 동물들의 움직임을 포착하고 짖어대는 것은 물론 외부인에 대한 경계도 조금씩 살아나고 있었다.

농사철이 되고, 밖으로 수업 나가는 날들이 많아지면서 행자는 그저 집 지키는 개가 되었다. 돌보는 주인의 역할은 하되, 마음을 주지는 않았던 것 같다. 묶여 있으니 아침저녁 사료와 물을 챙기고, 똥을 치우기는 해도 과하게 꼬리를 치며 뛰어오르는 녀석을 내치기에 바빴다. '앉아', '기다려'를 일부러 가르치지는 않았다. 꼬리를 치고 매달리는 자발적 복종과 충성의 표시가 내내 못마땅했다.

'주인만 따르고 먹이를 탐하는 개처럼은 살지 마라. 비록 산장 높이 올라가 굶어서 얼어 죽는 표범은 아닐지라도 야생성을 잃지 않은 고양이처럼은 살아라.' 세상 돌아가는 꼬락서니가 몹시 못마땅해 툭툭 내뱉어지는 말이었다. 자발적 복종을 거부하고 주체성을 잃지 말라는 바람이었다. 그런 마음이었으니 '행자'가 온전히 식구로 받아들여지지 않았던 것은 당연한 일인지 모르겠다. 주인을 잘못 만난 행자는 귀염과 사랑을 독차지하지 못한 채 해바라기만 하고 있었다.

4

개양이

가끔 '동삼'이 형제들이 보이곤 했다. 이제 동이 모습은 보이지 않

121

개와 고양이

았다. 아마도 각자의 영역을 찾아 일가를 이루었거나 혹은 세상을
떠났거나. 혼자 남은 동삼이는 새로 온 강아지 행자에게 관심을 보
이지 않았다. 그저 아침저녁 먹이를 먹고는 휑하니 사라지고 행자
는 동삼이 오고 가는 모습을 물끄러미 지켜볼 뿐이었다. '견원지간
이라더니 한 식구는 되기 힘들겠어.'

긴장감이 흐르기 시작한 것은 밥그릇 때문이었다. 주말에 손님들이 떠나고 굽다 남은 고기와 닭 뼈들이 한 무더기다. 개들은 먹이를 한입에 꿀꺽 삼키는지라 닭 뼈의 날카로움이 위를 상하게 해서 주면 안 된다. 고양이는 뼈다귀 하나하나를 잘게 씹어 삼키는 터라 삼겹살 같은 고기 종류는 행자에게 주고 닭 뼈와 닭고기는 동삼이 밥그릇에 나누어주었다.

게 눈 감추듯 순식간에 고기를 먹어치운 행자가 쪼그려 앉아 밥을 먹고 있는 동삼이를 향해 무섭게 짖기 시작했다. 목줄이 끊어지면 어쩌나 싶을 만큼 앞발을 쳐들고 이빨을 드러내며 으르렁거렸다. 순둥이 행자가 '먹이'를 앞에 놓고는 자기 밥그릇에 만족하지 않고 남의 밥그릇도 탐하는 개의 본성을 유감없이 보여주었다.

'그만해' 소리치고 달래 보아도 행자는 멈출 줄을 몰랐다. 그 뒤로도 몇 차례 같은 일이 반복되었고 동삼이는 아무렇지 않다는 듯 유유히 행자 앞을 가로질러 다니곤 했다. '하, 동삼이 저놈이 행자가 묶여 있는 줄 아는 거야. 위협이 되지 않는다고 보는 거지. 조금 얄밉기는 하다.'

장작더미 앞에서 아이들이 소곤거렸다. 비 가리개 지붕을 한 장작더미 위 상자에 무언가 꼬물거렸다. '고양이 새끼야' 흥분한 아이들 저 멀리 동삼이의 그림자가 보였다. '애들아, 어미가 보면 싫어해. 가만히 두고 보자' 했는데, 이튿날 보니 새끼들이 하나도 없었다. 동삼이가 위협을 느끼고 새끼들을 다른 곳으로 옮긴 모양이다. '하, 동삼이가 암컷이었구나. 몰랐네.'

하지만 고양이 가족에 대한 기대는 사라졌다. 어디 멀리 새끼들을 숨겨 놓았나 했는데 어느 날 보니 이곳저곳에 죽은 새끼들 모습이 보였다. 어미가 먹이 사냥을 나간 새 꼬물거리며 나온 새끼들이 햇볕에 숨을 거둔 모양이었다. 그렇게 새끼들을 잃고 어미 준비가 된 동삼이는 다음 해 창고 깊은 곳에서 몸을 풀었다. 어느 날 창고에서 고양이 울음소리가 들리는가 싶더니 선반 높은 곳에서 새끼고양이들이 한 마리씩 바닥으로 툭툭 떨어졌다. 그리고는 숨바꼭질하듯이 놀았다.

'많이 컸는데.' 그 새 살들이 통통하게 올랐다. '동삼이 배가 많이 불렀을 텐데, 살찐 줄만 알았더니.' 그리고 보니 잠깐씩 먹이만 먹고는 내내 보이지 않던 동삼이었다. 창고 지붕 서까래 사이로 동삼이가 먹이를 물고 들어왔다. 나를 보더니 경계하면서도 야옹거리며 바짓단을 휘감았다.

닭이나 고양이나 개나 할 거 없이 모정은 참으로 대단하다. 창고를 나온 고양이 새끼들을 데리고 동삼이는 장작더미를 지나 아궁이 가마솥을 거쳐 쪽마루 아랫단까지 도착했다. 현관 앞 밥그릇에 머리를 넣었다 뺐다 하면서 새끼 네 마리가 빙 둘러 밥그릇을 차지했다.

'드디어 고양이 가족이 탄생했네. 지난한 역사야.' 마침내 둥이와 동이를 거쳐 동삼이 가족이 일가를 이루었다. 짖어대는 행자를 아랑곳하지 않고 마당과 쪽마루를 차지했다. 새끼 티를 벗으면서 동삼이를 포함한 고양이 다섯 마리가 풍기는 분위기는 무게감이 느껴졌다. 서원 지킴이들 같다는 생각이 들기도 했다.

행자는 이빨을 드러내고 짖으면서 당장이라도 물듯이 앞발을 치켜들고 목줄과 실랑이를 하고 있었다. 어, 하는 순간 목줄이 끊겼다. 고양이들이 모여 있던 밥그릇으로 돌진한 행자에 놀란 고양이 다섯 마리가 천지 사방으로 줄행랑을 놓았다. 이리저리 고양이들을 쫓던 행자를 잡아 간신히 목줄을 채웠다. 반나절이 채 지나지 않아 고양이 모두가 귀환했다.

놀라긴 했어도 별일 아니란 듯 동삼이 가족은 현관 앞을 지키고 있었다. 목줄이 닿는 거리만큼 간격을 두고 놀리듯이 스쳐 지나갔다. 짖어대는 행자에게 신경질적으로 으르렁거리기도 했다. 일촉즉발의 상황이 쉼 없이 진행되는 가운데에서도 동삼이네 가족은 완강히 기득권을 잡은 듯했다.

'이젠 독립할 때가 되었는데' 하는 마음이 들 정도로 어른 고양이들이 되었는데도 집을 떠날 생각이 없어 보였다. 꼬박꼬박 아침저녁을 챙기고 무리 지어 다니면서 한가로이 겨울을 났다. 봄이 되어도 변함이 없었다. '고양이들이 한가득한데 닭장에 쥐가 많아. 배부르니 사냥을 하지 않는 모양이네. 그야말로 개양이가 된 거 아니야.'

5

불편한 기억으로 남다

요즘 들어 동삼이는 미운 짓만 골라서 했다. 지난해 닭들이 알을 품어 처음으로 병아리들이 자연 부화를 했을 때 동삼이 녀석이 한 마리도 남기지 않은 채 사냥을 했었다. 혼내기는 했어도 한 번은 봐주기로 했던 일이다. 이번 봄 새끼들을 갖고는 또다시 닭장을 기웃거렸다. 한 달여간 자라 마당으로 나온 병아리 중에 약한 놈들만 골라서 매처럼 먹이 사냥을 했다. 며칠을 내쫓았다가 어미가 된 걸 알고는 용서했었다.

　행자는 이제 성견이 다 되었다. 어찌나 고양이들에게 적개심을 내비치는지, 쇠고리 목줄이 끊어지기도 했다. 와이어로 된 단단한 목줄을 채우긴 했어도 언제 목줄이 풀릴지 모르는 아슬아슬한 날들이었다. 행자도 불편하고, 동삼이네 가족도 점점 꼴 보기가 싫어졌다. 오직 밥그릇만 탐하는 놈들에게 마음이 떠났다.

　한 울타리 공존은 이제 끝이 났다. 고양이는 병아리들을 먹이로 삼고, 개는 고양이를 쫓지 못해 안달이다. '이건 최악인데' 마음 불편한 여러 날이 가는 중에 동삼이가 또 새끼를 낳았다. 이번엔 여섯 마리였다. 여러 번 혼이 났으니 내 눈치를 보면서 창고 앞에서부터 장작더미를 지나 아궁이 앞까지 왔다. 드러내놓고 내가 다니는 길목에서 새끼들에게 젖을 물리고 있었다. 내 반응을 탐색 중이다. 외면하기도 어렵고 내치기도 어려운 형국이 되어버렸다.

　대문을 열고 고양이 밥을 챙기려는데 여러 마리의 새끼들이 밥그릇 주변을 들락거렸다. 일단 밥그릇에 사료를 부었다. 순식간에 열한 마리의 고양이들이 대문 앞에 진을 쳤다. 웃어야 할지, 울어야 할지. 지난해 나온 고양이들이 독립하고, 올봄의 새끼들을 맞았다면 이리도 마음이 뒤숭숭하지는 않았을 것이다. 야생성을 잃어버린 개양이들이 터 안 가득 진을 칠 터이니 난감한 일이다.

　지난해 나온 고양이 중에서 두 마리는 배가 부르기 시작했다. 독립하여 자기 영역을 찾지 않고, 아주 이곳에서 삼대를 이룰 모양이다. 고민이 깊어 가는 중에 동삼이가 또 사고를 쳤다. 몸을 풀었으니 속이 허한지 또다시 닭장의 병아리들을 넘보고 있었다. 닭장 울타리 안쪽에 있는 병아리 닭장 철망을 뚫고 들어갔다. 딱 마주친 순간, '이제는 정말 안 되겠어.' 돌멩이를 집어 들었다.

동삼이는 몸을 숨기고, 새끼들은 대문 앞에 진을 치고 있었다. 고양이 밥그릇을 치웠다. 오가며 눈을 마주치지 않았다. 끼니때마다 대문 앞에 모여 먹이를 구하지만 내친 자식들이었다. 장작더미와 쪽마루 아래 이곳저곳 그림자를 남기며 집 주변을 맴돌았다. 내 딴에는 내쫓지 않고 스스로 떠날 시간을 주고 있었는데, 결정적 순간과 맞닥뜨렸다.

닭장 안에 고양이 무리가 떼 지어 있었다. 먹이를 주지 않으니 닭장 안 이곳저곳에서 먹잇감을 노리고 있는 것이다. '이건 아니지!' 녀석들을 쫓아내고는 보일 때마다 콩 자갈을 한 움큼씩 집어던졌다. 내 의사를 분명하게 전달하기 위해서.

번잡해진 닭장도 치우고, 고양이들도 야생으로 돌려보낸 서원에는 행자만 남았다. 이젠 행자가 짖는 소리만으로도 고양이를 보고 짖는 것인지, 사람이 왔다는 소린지 구별이 된다. 그저 개의 소임을 다하고 있을 뿐이다.

마음 좋을 리 없는 적막이 찾아왔다. 사람과의 관계든, 개나 고양이와의 관계든 좋은 날만 있을 수는 없는 일이다. 지나간 날들의 행복했던 순간으로 되돌릴 수 있는 일도 아니다. 그저 그것이 삶의 한 과정이었음을 인정하는 수밖에. 거기서부터 또 다른 관계가 시작될 것을 믿는 수밖에.

나
무
이
야
기

나무는 저마다 자기 이야기를 갖고 숲이 되길 원한다

1

숲 같은 나무 한 그루

한 그루의 나무에서 숲을 보게 되는 경우가 있다. 느티나무가 그렇다. 몇 해 전 겨울에 시베리아 횡단 열차를 타고 바이칼 호수를 여행한 적이 있었다. 그때 길잡이를 해주던 교수님에게 들었던 말이 아직도 생생하다. '사람도 숲 같은 사람이 있다'라고. '산림학자인 분이 인문학자네.' 하며 다시 보았던 기억이 났다.

　시골 마을 어디를 가도 느티나무 한두 그루는 반드시 있다. 마을 입구이든 회관이나 노인정 옆이든 사람들이 모이고 지나가는 길목에 장승처럼 상징이 되는 나무다. 그런 나무가 서원 마당 가운데에 떡하니 버티고 서 있으니 참으로 든든하다. 그건 돈으로 살 수 없는 세월을 담고 있기 때문이다.

　지금 느티나무가 서 있는 주변에 다른 느티나무 여러 그루 더 있었다는데 전 주인이 모두 베고 한 그루만 남겼다는 것을 나중에 마을 사람에게서 들었다. 얼마나 다행스러운 일인가. 터를 새로 닦으며 느티나무 마당을 꿈꿨다. 느티나무 아래 뛰어노는 아이들과 둘러앉은 어른들이 막걸릿잔을 돌리는 풍경.

공사를 하면서 나온 크고 넓은 자연석 두 개를 낮은 비석처럼 양옆에 드러나게 묻었다. 그 가운데에 제단을 차릴 생각이었다. 그날이 왔다. 서원을 개원하고 그다음 해 봄기운이 오르는 시점의 정월 대보름. 마을 어귀의 회관 옆 400년쯤 된 느티나무 앞에서 풍물 가락에 맞춰 제를 올렸다. 만장을 펄럭이며 흥을 돋운 길놀이 막바지에 서원 마당의 느티나무 제단에 술을 올렸다.

정월 대보름 행사를 준비하면서 마음에 두었던 두꺼운 탁자 형태의 나무로 제단을 만들었다. 행사 전날 밤 준비팀이 먼저 들어오고 느티나무 아래를 둘러보는데 제단 옆에 손바닥만 한 두꺼비 한 마리가 와 있었다. 달빛에 비친 느티나무 둥치의 제단으로 천천히 걸어오는 두꺼비. 길조라 여겨 급히 두꺼비 앞에 술잔을 채웠다. 이 터를 오래도록 지켜 달라는 간절한 마음으로 모두 엎드렸다.

어답산 자락의 산봉우리에서 서원 강학당, 느티나무, 저수지
로 이어지는 기운이 산신령의 현신인 듯 두꺼비에 이르러 신화가
완성되었다. "쪽 뻗은 느티나무 몸통에 임신한 듯 배가 부른 저 모

습 좀 봐. 상처를 치유하느라 저렇게 툭 나왔다고는 하나 저 속에 알을 품고 있는지도 몰라." 전설 같은 이야기들이 꼬리를 물었다.

"느티나무 잎이 전 같지 않아요." 봄에 싹이 난 잎들이 날개를 활짝 펴야 하는데 잎이 말리면서 시들시들했다. 가슴이 덜컥 내려앉았다. 나쁜 징조처럼 마음이 불안했다. 그렇다고 약을 치고 싶지는 않았다. "터를 새로 닦느라 느티나무도 스트레스를 많이 받은 모양이에요." 그때부터 밭에서 뽑은 잡풀들이며 농작물 줄기와 부산물 그리고 가을에 떨어진 나뭇잎까지 생기는 대로 느티나무 둥치 아래 쌓았다.

그렇게 애쓴 덕인지 나뭇잎들이 살아나기 시작했다. '이 느티나무가 없었다면 서원이 텅 빈 것 같았을 거야.' 한겨울이 오기 전에 죽은 가지와 쳐진 나뭇가지들을 솎아냈다. 잎을 달고 있던 나뭇가지들이 속을 드러냈다. 부챗살처럼 선을 그린 그 넉넉함으로 숲이 보였다.

서원의 사계절은 느티나무의 사계다. 개나리와 진달래가 화창한 봄날을 그리기 시작하고 느티나무에 슬며시 새잎 돋기 시작하면 밭에 씨를 묻는다. 느티나무에 물이 올라 초록 동산으로 변할 때쯤 고추가 열리고 토마토가 익는다. 결실의 계절이 오면서 천지에 울긋불긋 물이 들면 고구마와 땅콩을 캔다. 또 한 번 덮고 가는 겨울이면 가지가지마다 눈꽃이 핀다.

머물던 이가 떠나도 느티나무는 남을 터. 그 이야기 모두 간직한 그대여. 오래도록 남아 다오.

굽은 소나무

이곳에 터를 잡으며 제일 먼저 심은 나무는 소나무였다. 2007년 11월 한옥 살림채 뼈대를 세우고 상량과 지붕 공사까지 모두 마치고 한 해 겨울을 넘길 때였다. 수주받은 주택을 지으러 떠나기 전 터의 뒷산을 헤맸다. 큰 나무들 아래 옮길 수 있는 작은 소나무들이 있을까 해서였다.

그렇게 산 중턱을 오르내리다가 경사진 곳의 바위 끝에 허리를 숙이고 낭떠러지를 향해 서 있는 작은 소나무가 보였다. 어찌 저런 곳에 뿌리를 내렸을꼬. 황급히 다가가 대공을 흔들어 보니 출렁거렸다. 바위 끝이라 땅속으로 뿌리를 내리지 못하고 흙과 나뭇잎들이 쌓여 생긴 흙바닥에 뿌리를 뻗고 있었다.

'캐는 것은 어렵지 않겠는데, 이 낭떠러지에서 어떻게 옮긴다.' 누군가의 도움을 받을 수도 없었다. 작업장에 돌아와 밧줄을 챙겼다. 뿌리에 분을 뜰 천을 챙기고 삽과 호미를 들었다. 경사진 바위, 다리가 후들거리고 아차 하면 낭떠러지로 굴러떨어질지도 모르는 상황에서 조심스레 엎드려 바위에 드리운 뿌리를 감쌌다.

나무 둥치와 대공이 시작되는 지점에 밧줄을 묶었다. 근처의 큰 나무에 줄을 연결하고는 아래로 천천히 내렸다. 흙으로 분을 뜬 게 아니라서 살 수 있을까 걱정이 되었지만 척박한 곳에 뿌리를 내렸던 놈이니 살아날 수 있으리란 믿음이 있었다. 아무리 작아도 내 키에 두 배만한 나무를 산비탈을 구르다시피 하여 터에 이르렀다.

터의 가운데 길 살림채로 향하는 텃밭 모퉁이에 자리를 잡았다. 돌 반 흙 반인 강원도 산자락 터인지라 삽으로는 땅을 팔 수 없었고 호미와 쇠막대로 돌을 파내 구덩이를 만들었다. 산에서 부엽토를 나르고 생흙을 섞어 뿌리를 심었다. 오르는 경사지 길로 가지를 내밀게 해 굽은 소나무의 자연미가 완성되었다.

이듬해 봄, 쭉 뻗은 대공에 층층이 가지를 내민 작은 소나무를 만났다. 굽은 소나무 옆자리에 심었다. 나무 밑동 대공이 해마다 굵기를 더해가며 휘어지고 틀어져 골격을 갖췄다. "딱 맞춤이네요. 어디서 저런 소나무들을 구했어요." 했다. "목숨 걸고 살려낸 놈들이라오." 서원의 많은 나무 중에 느티나무처럼 눈에 띄지는 않지만 굽은 저 소나무는 내 마음 깊은 곳에 자리한 나의 나무다.

3
어린나무를 심으며

살림채만 완공된 터는 황량했다. 수주받은 살림집 공사를 얼추 마무리하고 마음 바쁘게 달려왔다. 그해에는 산등성이를 따라가다 진달래 군락지를 발견했다. 대공이 실한 잘생긴 나무 십여 그루를 솎아 살림채 안마당 단의 경계에 맞춰 심었다.

다음 해 봄 현장 일이 매우 바빴다. 여름이 다 되어서야 서원을 찾았는데 진달래라고 심은 나무들이 말라 죽어가고 있었다. "뭔일이야, 왜 그러지?"하고 있는데 동행한 분이 "이건 산철쭉이에요." 했다. 산철쭉은 큰 나무의 그늘에 군락을 이루어 살지 햇볕 좋은 곳에서 조경수처럼 자라지 않는다는 말이 뒤따랐다. 헐, 시골 출신이란 놈이 진달래와 산철쭉도 구분하지 못했다.

그다음 해부터는 산에서 어린나무 옮겨심기하는 것을 그만두었다. 워낙 조경수 값이 비싸 엄두를 못 내다가 식목일 전후에 열리는 나무 시장을 들락거렸다. 제일 만만한 나무가 반송이었다. 낮고 둥글게 자라는 조경수다. 무릎 높이만 한 반송이 3만 원이었다.

고만고만 비슷해 보이는 반송도 자세히 보니 줄기와 가지 솔잎이 다 달랐다. 둥글게 가지를 뻗어 보통의 솔잎을 달고 있는 일반 반송, 솔잎이 한쪽으로 쏠리듯 누운 해송, 틀어진 대공과 솔잎이 짧은 강송. 살림채 앞과 부지 가운데 오르는 길은 일반 반송을 심고 느티나무 아래 수돗가 근처엔 강송을, 과실수 사이와 텃밭 경계엔 해송을 심었다. 이 나무들이 컸을 때를 상상하며 무리를 지어 심어주었다.

어린 시절의 고향 집이 떠올랐다. 대문채와 안채가 디귿 자로 배치된, 낡고 오래되긴 했어도 아늑했던 한옥 기와집이었다. 안마당에는 우물이 있었다. 대문 옆에는 커다란 대추나무 두 그루가 있었고 그 옆으로 뒷간이 있었다. 집 앞은 밭이었다. 밭 자락 경계에는 밤나무들이 빼곡히 들어서 있었고 도랑 가까이 경사지에는 살구나무가 있었다. 장마철 바람 부는 날이면 떨어진 살구가 바닥에 가득했다. 나중에 살구나무를 베어 절구통을 만들었다. 가을이면 멍석에는 붉은 대추가 가득했고 아침마다 주워 모은 밤은 겨우내 훌륭한 간식이었다.

'참, 좋은 곳에서 어린 날을 보냈어.' 절로 미소가 번졌다. 문득 어릴 적 기억 하나가 떠올랐다. 어느 해 겨울이었다. 살구나무가 있던 도랑둑에 여러 종류의 나무가 있었는데 어느 날 이 나무들을 베어놓았다. 그 나뭇가지를 타고 종일 놀았다. 그런데 어느 순간 온몸이 가렵기 시작하더니 반점이 생기고 진물이 흐르면서 덕지 덕지 딱지가 앉았다. 그 나무는 옻나무였다. 심하게 옻이 올라 제 대로 먹지도 못하고 겨우 빨대로 물만 삼켰었다. 그래서 지금도 산 에 가면 옻나무부터 경계하는 버릇이 있다.

지금 생각해보면 그 나무들은 삼사십 년은 족히 넘었을 것이 다. 살구나무는 백 년도 훨씬 넘게 살았을 것이다. 세월이 가도 나 무들은 그곳에 남아 자리를 지키는 것이다. 장날 나무 시장에서, 산림청이 운영하는 묘목장에서 있는 돈만큼 어린나무들을 사다 가 심기 시작했다. 내일 떠난다 해도 이 나무들은 남을 것이기에.

과실수로 대추나무를 열 그루 정도 심었다. 추운 기후에도 잘 맞고 어린 시절의 기억도 한몫했다. 자두와 살구나무를 각각 세 그 루씩 심었다. 매실나무는 서원 뒤편에, 앵두나무는 살림집 뒤편에 심었다. 중간중간 사과나무와 배나무, 산사나무를 심었다. 특히 반 송에 둘러싸인 중간 단에 살구나무를 심을 때는 공자의 '행단'처 럼 지금의 느티나무가 수명을 다하면 그 뒤를 이어 오래도록 남아 있기를 기원했다.

조경수로는 욕심을 내어 적송 일곱 그루를 심었다. 미리 심어 놓았던 반송 사이에 자리 잡은 적송은 커갈수록 그 풍모가 남달랐 다. 살림집 주변으로 육송과 소나무를 길 안내하듯 줄지어 심고 사 이사이 단풍나무를 채웠다. 주차장을 따라 메타세쿼이아를 나열 했다. 윗단에 심어 놓은 은행나무와 비켜 심어 전망을 가리지 않도 록 했다.

그리고도 여러 해 동안 오미자와 명자나무를 심고 서원 뒤편 으로 밤나무를 심었다. 박달나무와 섬잣나무, 전나무와 마로니에, 공작 단풍과 복자기, 불두화, 산수유, 층층나무, 꾸지뽕 등 어느 하나 거슬림 없이 스며들 듯 그렇게 서원의 숲을 이루는 중이다. 내가 떠난 뒤에도 시간의 역사는 어린나무로부터 길게 이어질 것을 확신한다.

4
생 울타리

나무를 그렇게 많이 심었는데도 꽉 찬 느낌이 없었다. 아직 어려 존재감이 드러나지 않아서일 수도 있지만 뭔가 휑한 것은 울타리가 없기 때문일 것이다. 석축으로 단을 지었으니 사고를 방지하기 위해서라도 구조물이 필요했다. 또한, 백여 미터 되는 경사 진입로 한편은 밭이고 다른 쪽은 계곡과 접한 경사에 잡목과 풀이 무성했다. 산자락과 접한 터의 뒤편도 허전함을 막아 주어야 했다.

야트막한 돌담이나 흙담이면 좋겠는데 그건 시간과 품이 너무 많이 드는 일이었다. 철망을 두르자니 삭막해 보일 것 같았고, 방부목 울타리를 하자니 비용과 수명이 문제였다. 훤히 들여다보이는 걸 막고 마을과의 이질감을 줄이는 건 나무 울타리가 적격일 듯싶었다. 관리를 위해서는 손이 많이 가겠지만 매년 튼실해지는 나무 울타리를 보면서 그만큼 든든해지리라는 믿음도 작용했다.

진입로 경사진 계곡 쪽에 개나리 울타리를 만들기로 했다. 빨리 자라기도 하고 봄을 알리는 전령사이기도 하니 말이다. 꽃이 지고 나면 푸른 잎의 싱그러움이 오래갈 것이다. 하지만 묘목은 가녀린 줄기 하나 삐죽 볼품이 없었다. 포장도로를 따라 두 줄로 촘촘하게 심으면서 가지들로 빽빽해질 울타리를 상상했다.

느티나무 마당으로 향하는 진입로에서부터 안쪽의 교육장 건물에 이르기까지 전면에는 측백나무를 심기로 했다. 역시 가격이 저렴하고 잘 자라는 나무다. 어린 날의 추억이 소환된 탓도 있었다. 지붕 높이만큼 자란 측백나무에 참새들이 떼 지어 숨바꼭질하고, 가을이면 열매를 화살촉에 끼워 전쟁놀이하던 기억. 집 안이 들여다 보이지 않는 철벽 울타리였지만 벽처럼 느껴지지 않고 따뜻했었다.

진입로에서 살림집으로 오르는 길, 잣나무 숲과 연결된 경사지, 서원 뒤편의 골짜기에도 개나리를 심었다. 연못을 내려다보며 산길로 오르는 석축 단 위로는 편백을 심었다. 편백은 비싸서 엄두를 내지 못하다가 황금 유백이라 불리는 실 편백을 만나 빙 둘러 울타리를 쳤다.

심을 땐 미처 생각지 못했던 조경수와 과실수들의 관리에는 엄청난 노동이 필요했다. 서너 해를 지나 뿌리 내린 개나리와 측백나무 울타리가 무섭게 자라기 시작했다. 개나리 울타리는 일 년에 세 번은 전정해 주어야 했다. 꽃이 지고 이파리가 나면서 가지를 뻗을 때, 한여름 가지가 무성하게 자랄 때, 그리고 늦가을에 또 한 번. 어느새 내 키를 훌쩍 넘어 발돋움해도 전정하기가 쉽지 않았다.

측백은 해마다 키가 크면서 점점 더 굵어지더니 어느새 벽처럼 전망을 가려버렸다. 저수지와 산자락 풍경이 일품이었는데, 아이들 눈높이에선 담벼락 느낌일 터였다. 매년 키를 맞춰 전정을 해주다 시야를 확보한다고 나무 삼 분의 일 정도 윗가지를 잘라냈다. 농사일이 바빠 가을걷이 끝내고 초겨울에 전정한 것이 그만 탈이 나고 말았다. 당시엔 몰랐는데 다음 해 봄 시름시름 앓더니 모두 동사를 하고 말았다.

싯누렇게 변해버린 잎, 말라가는 대공과 가지를 보는 내내 몹시 우울했다. 마음에서 떠나보내기도 쉽지 않고 손을 대기도 어려워 그대로 두었다. 휑하지도 않고 전망을 해치지도 않을 방법을 찾다가 방부목 울타리로 간격을 띄워 세우고 사이사이에 편백을 심기로 했다. 방부목 울타리는 아이들 눈높이에 맞추었다.

편백 묘목은 가늘고 작아서 지지대에 묶어주어야 하는 초라한 모습이었다. '울타리 느낌이 나려면 십 년은 걸리겠는걸.' 했다. '여백이 있어 좋아요.' 한다. '그래, 한 번 실패했으니 이렇게 작은 묘목으로부터 다시 시작해 보는 거지 뭐.'

5
잣나무 숲

잣나무 숲은 서원의 뒤를 든든하게 받쳐주었다. 삼사십 년은 족히 되었을 것으로 보이는 나무들은 이십 미터가 넘는 키를 자랑하고 있었다. 십여 년 전 간벌을 하고 난 흔적들로 나무토막과 가지들이 수없이 뒤엉켜 있던 것을 땔감 삼아 정리했다. 두 해가 걸렸다. 그리고는 가시나무 등 잡목들을 제거하고 오솔길을 냈다. 자연석 무더기가 있는 구릉지에 '들꽃을 만나는 숲 나들이' 자연 정원이 되었다.

어린이 캠프에 참여하는 아이들은 밤에 숲속에서 소쩍새와 온갖 벌레들의 울음소리를 들었다. "입은 닫고 귀는 연다." 아이들은 십여 분의 정적을 참아냈다. 매트리스에 누워 잣나무 가지 사이로 밤하늘의 별을 보았다. 누운 자리로 작은 빛이 날아들었다. "반딧불이다." 탄성이 절로 나왔다.

지천으로 널린 잣을 줍는 일은 가을 숲 나들이의 큰 즐거움이었다. 잣나무는 유난히도 해거리가 긴데 삼사 년에 한 번씩 풍년이 들었다. 풍년이 들 땐 잣 몇 자루 주워 담는 건 시간문제였다. 한동안 말려두었다가 잣송이에서 알을 털어냈다. 오는 이마다 나누는 재미가 쏠쏠했다. 어느 가족은 평상에 둘러앉아 종일 잣만 까고 있었다. 아이들은 잘 빠지지 않는 잣을 얻으려 돌멩이로 잣송이를 두드렸다. 자연에서 얻는 최고의 놀이고 오래도록 기억될 추억이다.

겨울 숲은 그렇게 많은 눈이 쌓이지는 않는다. 가지에 쌓인 눈이 녹아 흘러내리기도 하지만 나무뿌리 근처의 눈은 뿌리가 모두 흡수한다. 겨울에도 나무는 자기 일을 하고 있지 않은가. 하얀 도화지에 쭉쭉 뻗은 나무 기둥만 보이던 것이 땅과 돌과 나뭇잎을 드러내며 봄을 준비하고 있었다.

숲을 한 바퀴 돌고 내려와 공터에 둘러앉을 때가 숲 나들이의 정점이다. "이렇게 큰 나무들이 어떻게 태풍이나 바람에 쓰러지지 않고 서 있을까?" 묻는다. 잠시 정적이 흐른다. "이 큰 나무를 붙잡고 서 있으려면 그 뿌리는 땅속 깊이 넓게 퍼져 있겠지. 혼자 서 있다면 아무리 뿌리가 깊고 넓어도 쓰러질 텐데." 이때, 누군가 "숲에 있는 나무들은 서로 뿌리를 섞어 밑이 단단하니까 넘어지지 않아요." 하면 그날의 캠프는 대성공이다.

각자 뿌리 깊은 한 그루의 나무가 되고, 그 나무들이 따로 또 같이 숲을 이루는 세상에 대한 꿈을 이야기할 수 있는 시간이다. 무한 경쟁과 그 속에서 살아남으려는 자들의 자발적 복종, 각자도생만이 최고의 가치가 된 이 시대에 뿌리를 섞어야 삶이 단단해진다는 공동체의 원리는 그 무엇보다 중요하다. 그건 '숲'이 말하는 가르침이다.

자연과 인간의 '공존', 인간과 인간의 '공생', 나라와 나라의 '공영'. 국가의 정책과 교육의 가치가 '생태', '돌봄과 나눔', 순환의 지역경제로 돌아간다면 많은 것이 바뀔 것이다. 서울 수도권의 과밀화, 도심 집값 폭등, 부동산 문제, 농촌 소멸의 위기, 혐오와 배제, 침략과 전쟁을 극복하는 변화의 시작이 될 것이다.

나아가 자발성에 기초한 자유로운 인간들의 연합인 마을 공동체야말로 수많은 작은 숲들을 만들어 갈 재원이 아닌가. 숲에서 마을을 본다. 그 숲을 숲으로 존재하게 하는 한 그루의 나무를 본다.

6
나무 전정의 미학

빼놓을 수 없는 이야기가 하나 있다. 나무 욕심을 부리던 때 꼭 심고 싶은 나무가 있었다. 배롱나무와 감나무였다. 서해안 쪽에 가로수로 많이 심는 배롱나무는 한 그루만 있어도 마당이 환해질 듯했다. 감이 주렁주렁 익어가는 마을의 풍경은 금방이라도 시골 정취에 녹아들 것 같은 향수를 불러일으킨다.

횡성 장날 나무 시장에 배롱나무와 감나무가 모두 있었다. 추운 횡성에서 나무가 겨울을 날 수 있겠느냐고 몇 번이나 물었지만 파는 사람 처지에서야 '괜찮다'라고 할 수밖에. 살림채 대문 앞 공

들여 심은 배롱나무와 진입로를 따라서 느티나무에 이르는 길, 양
지바른 곳에 심었던 감나무는 뿌리를 내리지 못하고 모두 얼어 죽
었다. 아무리 좋은 나무라 해도, 키우고 싶어 안달이라 해도 기후
환경이 맞지 않으면 나무는 살 수 없다. 척박한 땅은 성장의 문제지
만 기후환경은 생사의 문제다.

처음 자리를 잘 못 잡아 옮겨심기한 나무들도 꽤 있었다. 실수
와 실패를 반복하며 그렇게 십여 년이 지나고 이제 나무들은 모두
자기 색깔이 분명해졌다. 문제는 감당할 수 없을 만큼 빠르게 성장
하고 변화한다는 것이다. 나무를 심을 때는 미처 생각지 못했는데
이 많은 나무를 다듬고 관리해야 하는 책임이 남았다.

구획된 터마다 풀을 뽑고, 농사를 짓고, 학교에 수업을 나가고,
캠프 운영과 목공일, 장작까지. 나무들을 세심하게 살필 여력이 없
었다. 그저 보기 좋게 다듬는 것뿐. 전지가위 하나 들고 사다리를
오르내리며 잔가지를 쳤다. 그나마 적송을 비롯한 소나무들은 어
렸을 적부터 나무의 선을 살린다고 모양을 잡아 왔다.

과실수 전정은 위로 크는 가지는 잘라내고, 옆으로 길게 가지
를 뻗어야 제대로 된 열매를 수확할 수 있는데, 조경수 다루듯 가지
치기를 했으니 해가 갈수록 열매가 부실했다. 농약을 치지 않으니
과실은 욕심내지 않고 꽃만 보겠다는 생각이 앞섰던 이유이기는
했다. 위로 쭉쭉 뻗으니 잘 큰다고 마냥 좋아했던 날들이 부끄러웠
다. 과일을 잘 맺는 게 과실수의 본성일 텐데.

코로나 19 대유행으로 사람들의 발길이 뜸해졌다. 캠프도 멈
췄다. 농사도 줄인 터에 밖으로 나가는 수업도 많지 않았다. 여름
의 끝자락에서부터 시작한 전정은 오로지 그 일에만 집중할 수 있

는 시간을 허락했다. 전화위복이랄까. 번거로움이 사라지고 단순해지면서 머리가 맑아졌다. 보이지 않던 것들이 보이기 시작했다.

굵은 가지들은 손대기가 겁이 났다. 잘못 자르면 나무의 형태 전체가 바뀌기 때문에 늘 조심스러워 그대로 두곤 했다. 멀리서 보고, 가까이서 보고, 주변의 나무들까지 살피다 보니 잘라야 할 가지들이 선명하게 보였다. 그렇게 큰 가지들로 윤곽을 잡고 잔가지들을 쳐내니 '아, 다르네.' 탄성이 절로 나왔다.

둥근 선을 그리며 폭을 넓힌 반송들은 겉모양을 잘 다듬어 깔끔해 보였다. 그러나 너무 우거져 보여 밑을 들여다보니 죽은 가지와 솔잎들로 바람이 통하지 않을 정도였다. '헐, 이건 가지 하나 잘못 자르면 구멍이 숭숭 날 텐데' 망설였다. '우선 죽은 가지와 솔잎부터 걷어 내지 뭐.' 그렇게 시작된 일이 가지를 하나하나를 잡아 줄기를 따라가며 얽힌 가지들을 잘라냈다. 새순이 돋아날 숨통이 트였다.

층층이 구름 모양을 갖추도록 모양을 잡았던 적송도 외양만 신경 쓰느라 속가지들을 잘라내지 않았더니 죽은 가지와 솔잎이 한가득이다. 구름 같은 다발에 빛이 스며들도록 솎아 주었다. 그러기를 보름여, 이제는 전지가위가 저 혼자 움직이듯 춤을 추었다. 몰입의 시간이다. 아침도 거르고 시작한 일이 점심나절을 지나도 배가 고프지 않았다.

'이제, 속이 보여.' 그건 내게 한 말이었다.

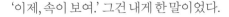

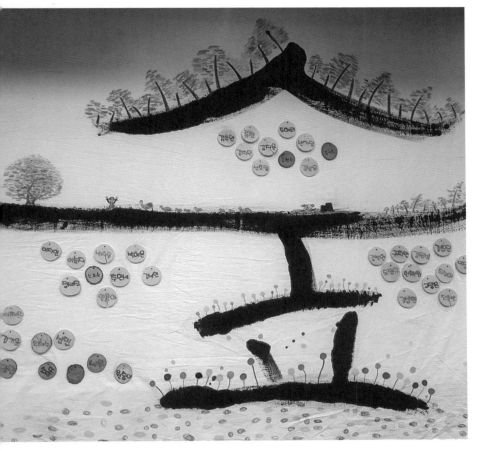

낮
달

나도 여기 있음을

1

누가 지었는지 이름 한 번 참 잘 지었다. 수업 이름이 '노작과 자연'이란다. 행인서원 개원과 비슷한 시기에 개교했던 공립형 대안 고등학교에 강사로 나가게 되었다. 아이들과 함께 농사짓는 수업이다. 내가 중고등학교에 다닐 때만 해도 지역별로 '농업', '공업', '상업' 수업 시간이 있었다. 현재 대부분의 대안학교에서는 노작 수업이라는 이름으로 농사를 짓는다.

'힘써 일한다.'라는 의미의 '노작'에 '스스로 그러함'이라는 철학적 의미까지 담겨 있으니 금상첨화다. 이름을 지은 이는 농사짓는 것을 통해 자연을 배우자는 의미를 두었을 터지만 자연自然이란 동양사상의 도가적 전통인 무위자연無爲自然의 핵심 가치가 아니던가.

1기 친구들을 만난 것은 그 친구들이 2학년 때였다. 첫해는 학교 선생님들이 학교 안의 공터에 농사 흉내를 냈고, 2기가 입학하면서는 각 학년을 담당할 노작 강사로 채용되면서부터였다. 1학년을 맡은 강사는 지역에서 생태농업을 하며 배움터를 운영했던 지역 활동가였고, 나는 행인서원 원장 자격으로 위촉이 된 듯했다.

어린이 사계절 캠프나 청소년 여행학교를 통해 아이들을 만나오기는 했어도 이렇게 정기적으로 지속적인 수업을 통해 만나는 일은 처음이었다. 그것도 농사를 통해서 말이다. 십오 년 여 건축현장에서 일머리를 배웠고, 어려서 할머니를 따라 농사짓던 기억을 떠올리며 행인서원 텃밭을 가꾸고 있기는 해도 수업은 차원이 다른 문제이지 않은가.

학교에서 십 분 정도 떨어진 거리에 텃밭이 있었다. 모든 학년이 입학하면 관사를 신축할 부지였다. 일부 건물이 들어서면 나머지는 계속 밭으로 쓸 모양이었다. 한 반에 열다섯 명씩 세 반. 마흔다섯 명의 아이들 이름을 외우는 일은 만만치 않았다. 학생운동 시절 이후 붙잡혀갔을 때를 대비해 사람들의 이름을 기억하지 않으려 했던 오랜 습관 때문에 이름을 기억하고 불러야 하는 상황은 내게 늘 큰 숙제였다.

"찔레 쌤이라고 불러, 급하면 찔레 하면 되고." 서원에서 쓰는 닉네임을 호칭으로 했다. '친구가 될 수 없는 자는 스승이 될 수 없고, 스승이 될 수 없는 자는 친구가 될 수 없다고 했어.' 누구누구 선생님이라는 호칭이 아니라 별칭으로 불릴 때 친구처럼 다가가기 쉽지 않을까 하는 생각에서였다. 선생이 아니라 스승이 되고 싶다는 욕심을 부지불식간에 드러내고 말았다.

첫해의 농사 수업은 엉성했다. 빈틈이 많으니 여백이 생겼고, 함께 무언가 만들어 간다는 자발성이 만들어졌다. 어느 역사든 창업의 초창기에 만들어지는 역동성과 같이 말이다. 시절도 촛불 정국이었다. 주말마다 광화문 촛불이 커져 나갔고, 시민의 힘으로 대통령이 탄핵당하는 변혁의 한 가운데 있었다. 미국의 대통령 선거에서는 트럼프가 '미국 우선주의'를 내세우며 당선되었다. 세계의 패권적 권위 대신 드러내 놓고 장사를 하겠다는 미국의 속내를 드러낸 것이다. 세상의 지각 변동은 그 속에 사는 모든 이들에게 파장으로 다가왔다.

"천하를 근심하는 자 세상의 주인이다." 수업 시작하기 전 5분 정도, 수업 끝날 때 5분 정도. '5분 집중'하면서 시작되는 이야기는 때에 맞는 시나 산문, 고전, 뉴스를 빌려 '어떻게 살 것인가'의 문제를 제기하는 내 나름의 방식이었다. 농사를 매개로 한 인문학적 소양에 접근하고 싶은 마음은 우여곡절을 겪으며 나름의 방법을 찾아가고 있었다.

학기별 수행평가로 감상문을 쓰도록 했다. 한 해를 마감하는 때, 애쓴 흔적을 기억해주는 친구의 글 하나가 내 마음에 위로를 전했다.

"나는 노작 시간이 참 좋다. 우리 학교가 시골에 자리를 잡아서인지 처음엔 낯설고 지독하기만 했던 거름 냄새는 이제 다른 학교는 꿈도 못 꿀 우리 학교만의 냄새가 되었다. 어색하고 어정쩡했던 낫질은 특별한 필기도구가 되었다.

뜨거운 여름을 지나 차가운 겨울까지 오면서 우리도 계절처럼 변했다. 햇볕에 타는 것도 싫고 땀나는 것도 싫어 뒤로 빠지던 나였지만 이젠 누구보다도 더 노작 시간이 좋다. 내 땀과 힘

을 통해 새 생명이 자라나 결실을 보는 것은 남이 키워 준 수확물보다 훨씬 뿌듯하고 내 새끼 같다.

한 번은 노작 시간에 사정이 있어서 늦게 들어간 적이 있는데 저 멀리서 선생님과 친구들이 열심히 무언가를 하고 있었다. 조그마해서 인형 같았다. 옹기종기 모여 있는 것을 보니 아, 이렇게 살고 싶다…. 생각했다.

일반 고등학교는 남남이 되어 입시경쟁을 치르고, 상품등급처럼 찍혀 나오는 내 등급을 보며 좌절하고, 자신을 탓하고, 깎아내린다. 하지만 지금 우리는 어떻게 살아야 행복할 수 있는지, 등급 좋은 학력이 아니라 어떤 것이 나에게 필요한 것인지 경험해 보고 있다.

뜨거운 여름날 물을 주려고 물 뜨러 갔을 때 친구가 만들어 주던 무지개도, 고구마를 삶아서 먹으며 웃고 떠들던 일도, 매번 뉴스 진행하는 찔레쌤의 세상 돌아가는 이야기도 이제 1년밖에 남지 않았다.

너무 아프고 그리울 것 같다. 같은 삶을 살아도 어떻게 살아야 숨이 트고 나답게 살 수 있는지 알려주신 선생님께 감사하다.”

2

학교가 3기를 맞았다. 전체 학년이 꽉 찬 것이다. '노작과 자연' 수업도 정규 선생님 한 명이 발령을 받아 왔다. 그 선생님이 2학년과 3학년을 담당하고, 나는 1학년을 맡게 되었다. 강사 수업엔 정규 선생님 한 명이 동행했다. 혹시라도 모를 사고나 수업에 참석하지 않는 아이들을 채근하기 위해서인 것 같았다. 나이도 엇비슷하고, 아이들을 대하는 모습이 따뜻해서 마음이 편했다.

텃밭으로 쓰던 부지 한 단에 관사가 지어지기 시작했다. 남은 텃밭과 그 옆의 텃밭 부지를 임대해 1학년과 2학년이 나눠서 수업을 진행하기로 하였다. 서원 건축 후 남았던 아시바대로 기둥과 틀을 짰다. 망을 덮어 그늘막을 만들고 3명이 앉을 수 있는 의자 6개를 준비해 갔다. 한 반의 인원 15명이 둘러앉을 수 있는 휴식공간이 생긴 셈이다.

아무래도 1학년은 한 해를 겪어 본 2학년과는 다르게 산만하고 어수선했다. 날이 추워 교실에서 상견례를 하고, 노작과 자연 수업의 진행 과정을 이야기하였다. 관사를 지을 자리에 작은 하우스가 지어져 있어서 먼저 철거하고 주변 정리부터 시작해야 하는 날이었다.

"장화 신고, 장갑 끼고, 연장 챙기고." 다들 모였는데 한 녀석이 슬리퍼를 신은 채 그대로 서 있었다. 삽을 앞에 두고 툭툭 차면서 "이제 뭐 해요?" "장화 신고 와." 웃으면서 쳐다보았다. 얼굴이 굳어진 채로 삽을 바닥에 들었다 놓으면서 "뭐 하냐고요?" 대들었다. 나도 조금 굳어진 얼굴로 "장화 신고 오라고. 밭을 뒤집어야 하니까 슬리퍼 신고는 못 해!" 말이 없었다. 서너 번을 더 장화 신고 오라는 말을 반복했다. 끝내 참지 못하고 "야, 장화 신고 오라고 이 새끼야." "아, 씨팔. 안 해." 삽을 팽개치고는 돌아가 버렸다. 덩치도 있고, 아이들 위에 군림하는 것 같아 기선 제압을 한 것인데 난망하게 되었다. 다시 불러 세우면 싸움이 될 것 같고, 문제도 복잡해질 듯싶어 나머지 친구들과 일을 시작했다. 같이 다니는 친구가 또 한

명 있었다. 한 해 꿇고 들어왔다는데 반장이었다. 매번 투덜거리면서 밭에 들어오지는 않고 타박만 했다.

그 반 수업만 하고 나면 진이 빠졌다. 속에서 천불이 나고 바짝바짝 약이 올랐다. 나이 든 선생 체면이 말이 아니었다. 집에 돌아와 막걸리 한 잔을 마시고 나서야 진정이 되었다. 힘센 놈이거나 부당하다고 느껴지면 일단 들이받고 보는 성질머리가 아이들에게도 참아지지 않았다. 강한 자에게는 강하게 맞서고 약한 자는 끌어안는 것이 내 기질이라 여겼는데. 학교 수업은 달라야 하지 않을까 고민이 깊어 갔다.

'불위야 비불능야 不爲也 比不能也라.' '하지 않는 것이지 못하는 게 아니다' '노작 수업은 농사 기술을 가르치지 않는다. 몸을 움직여 삶을 사는 일머리를 배우라는 것이다' '무엇이든 해봐라. 일하기 싫으면 스마트 폰 내려놓고 풍경이라도 바라봐라.' 하려고 하는 아이들을 격려하고, 주변에 있는 아이들을 불러 모으며 안간힘을 썼다.

삽을 팽개쳤던 녀석은 수업에 들어오지 않거나 아예 따로 떨어져 있었다. 반장 녀석은 일은 하지 않고 계속 꿍얼거리며 수업 분위기를 흐렸다. "너, 담임선생님한테 말씀드리고 다음부터 수업에 들어오지 마!" 했다. 선생이 아이를 내쫓은 것이었다. 어렵게 모아가는 분위기를 더는 깰 수 없었다. 그렇게 이 삼 주 수업을 나오지 않던 녀석이 조금 수그러든 모습으로 나타났다. 겸연쩍어하면서 "뭐 해요?" 한다. 옆에 붙어서 호미 쥐는 방법부터 삽질하는 방법을 가르쳤다. 한 번도 해 보지 않은 어수룩한 솜씨였다. '자기가 잘 못 하는 것을 보여주기 싫었구나.' 순간 이해가 되었다. 헛웃음이 나왔다.

3

지난 첫해는 뭣 모르고 시작한 수업이었지만 텃밭 농사 전체를 책임지고, 1학년 아이들부터 시작하다 보니 농사를 통해 무엇을 해야겠구나 하는 생각이 가닥을 잡았다. 학기 끝날 때마다 수행 평가로 쓴 감상문에 한 아이의 성장 과정이 오롯이 담겼다.

'꼰대 소리 듣지 않는 게 바람인데.' 했었다. 좀 과하다 싶은 내 성정이 아이들과 부딪치며 어떤 결과를 만들어 낼지 몰라 불안했었다. '그래, 애쓰다 보면 진심이 닿지 않겠어.' 스스로 위로를 건넸다.

1학기 감상문

맨 처음 퇴비를 뿌리며 첫 노작 시간을 마쳤다. 지금은 감자, 옥수수, 고추, 토마토, 고구마, 참외를 심고 기르고 있다. 노작 수업을 하면서 깨달음을 얻은 큰 계기가 두 번 있었는데 첫 번째는 잡초를 뽑을 때였다. 호미로 잡초를 제거하는 과정에서 생각 정리가 참 잘 되었다. 잡초를 뽑으면서 나는 몸과 마음이 하나라는 것을 새삼 깨달았다. 양손으로 잡초를 뽑고 있으니까 자연스레 머릿속의 필요 없는 생각들이 뽑혀 나갔다. 두 번째로는 농작물에 북을 주던 때였다. 이 작업을 하다 보면 하루가 다르게 성장하는 작물을 볼 수 있었다. '아, 얘네도 이렇게 자라고 있는데 나는 왜 가만히 있는 거지.' 나를 되돌아보게 되었다.

노작 선생님께서 수업 시작 전이나 끝나기 전에 해주시던 말씀도 너무 좋았다. 어떤 때는 인생에 관련된 시를 읽어 주시기도 하고, 농사에 녹아든 인생 이야기도 해 주셨다. 잘 참여하지 않는 우리 반에게 쓴소리도 하시고 다독여 주시기도 했다. 선생님 말씀대로 '정말 기본적인 게 지켜지지 않는데 인생을 어쩌려고 그럴까'라는 생각도 든다. 농사에 때가 있다고 하신 것처럼 내 인생의 때는 지금이다. 아니, 지금밖에 없다. 과거의 내가 쌓여 지금의 내가 있고, 미래의 내가 되는 거니까. 내 인생의 때는 지금이다. 선생님께서 말씀하신 토마토 곁가지를 내 인생에 가져와 봤다. 나는 정말 곁가지가 많다. 그래서 정리하려 노력 중이다. 남들 시선을 지나치게 신경 썼던 것을 최대한 줄여보려고 한다. 마음처럼 되지는 않지만 내가 가는 길이 '맞다'라고 믿으며 가보려고 한다.

2학기 감상문

하루가 다르게 자라나는 작물에 북을 주고 물을 주었던 1학기. '나도 눈에 띄게 성장하고 싶다.'라는 생각으로 가득했었다. 방학 동안 자랐던 잡초를 뽑고 가을걷이를 하며 수확의 맛을 보았던 2학기. '나도 내가 시작한 일에 대한 열매를 거두고 싶다.'라는 생각을 한다. 수확이라는 것은 생각보다 멋진 일이었다. 내 손끝으로 심은 씨앗들이 싹을 틔우고 열매를 맺었다. 보살피던 식물들을 더는 씨앗이나 식물이 아닌 작물로써 마주했을 때 나는 그 기분을 뭐라 표현해야 할지 알 수 없었다. 그렇게 고1 끝자락에 서 있다.

1학기 첫 노작 시간에 선생님께선 '노작과 자연, 그리고 17살

인생 일기'를 쓰라고 하셨다. 그땐 잘 몰랐다. 왜 노작을 하고 인생과 연관 지어 일기를 써야 하는 건지. 두 학기가 지난 지금은 그 뜻을 조금이나마 짐작할 수 있을 것 같다. 1년 농사의 깨달음이다. 참으로 농사는 인생과 닮은 것 같다. 봄이 오면 씨앗을 뿌리듯 인생의 어린 날에 내가 해야 할 일과 하고 싶은 일을 마음의 텃밭에 뿌린다. 여름이 오면 물을 주고 북을 주듯 심어 놓은 내 일들에 열정을 다 하고 가을에는 열매를 수확하듯 내가 했던 일들의 성과를 얻는다. 그게 대박이든 쪽박이든. 겨울이면 다음 해에 뿌릴 씨앗을 준비하듯 계획들을 세운다. 인생이 농사 같고 농사가 인생 같다.

2학기 동안 나는 많은 생각을 했다. 노작 시간만큼은 그 무거운 생각들을 내려놓을 수 있었다. 수업 시간 선생님의 말씀은 날 혼내는 것 같기도, 위로하는 것 같기도, 이해하는 것 같기도 하고 내 편인 것 같기도 했다. 노작 시간은 왠지 모르게 편안하다. 어렸을 때 소풍 가는 느낌이 든다.

4

가을걷이가 끝나고 한가해질 때쯤, 텃밭으로 썼던 터에 관사가 완공되었다. 화장실이 생기고 텃밭에 물을 댈 수돗가도 생기고 건물 뒤 그늘도 생겼다. 그늘이 있는 건물 뒤의 공터에 야외 교실 같은 정자를 지으면 좋겠다는 생각이 받아들여져 겨울 수업은 목공 수업이 되었다. 폭 3m 길이 6m의 5평 규모. 서까래 원형 기둥에 맞배지붕. 탁자 2개와 의자 6개를 놓아 둘러앉을 수 있는 공간을 만들기로 했다. 내 전문 분야인 만큼 신명이 났다.

날이 춥고 수업이 끝나가는 기간이라 뼈대를 세우고 지붕을 덮는 것으로 만족했다. 다행히도 다음 해 2학년을 맡게 되어 이 친구들과 함께 마무리 작업도 할 수 있었다. 천장과 난간 작업을 하고 바닥을 만들었다. 텃밭 일이 본격적으로 시작되기 전 열다섯 명이 둘러앉아 이야기하기 좋은 아늑한 공간이 생겼다.

사람 관계에 있어 지속성은 서로의 관계를 성장시키게 마련이다. 일 년을 겪어보았으니 그다음의 일 년은 서로 간 보지 않고도 서로를 의탁할 수 있는 사이가 되기 마련이다. 강사 3년 차이기도 했다. 내 생에 빛나는 한때가 다시 찾아왔다. 아이들 글에도 자기 생각을 표현하는 방식에 있어 거침이 없어졌다.

"이곳에 와서 많은 사람을 만나고 여러 환경을 접하며 성장할 기회를 얻었습니다. 이곳에서는 신경을 곤두세우게 됩니다. 매일같이 기 싸움이 벌어지고 은근한 무시와 성공 여부를 알 수 없는 도전들에 지치게 됩니다. 그렇지만 그것들은 살아남기 위한 생존방식입니다. 그 방식들은 이해하고 포용하기 어렵지만 깨달은 생각이 있습니다. 그것은 '틀리다'가 아니라 '다르다'라는 것을 인정하는 것입니다. 저는 화장을 하고, 담배를 피우고, 술을 마시는 친구들을 보며 '나쁘다'라는 생각을 하고 있었습니다. 지금까지 당한 일들로 인한 것일 수도 있고, 사회 분위기 속에 색안경을 쓰고 보는 것일 수도 있습니다. 사회는 통제하기 위해 '다름'을 '틀림'이라며 배척하는 것인지도 모릅니다. 다르다면 통제하는 방법도 달라야 하고 시간과 노력이 필요합니다. 토마토의 종류가 다양한데 한 가지의 토마토만 주며 '너는 이걸 좋아해야 해'라고 가르치는 겁니다. 제각기 다른 토마토라면 먹는 방법이 다 달라야 하는데 말입니다."

"농사가 잘되게 하려고 세 개의 싹 중 하나만 남기는 솎아내기를 보았습니다. 건강한 싹이 세 개나 났는데 하나만 남기고 뽑아내는 방식이 너무나 안타까웠습니다. 뽑아낸 건강한 싹을 몰래 심어주었습니다. 두렁도 아닌 곳에 심은 것이 문제였는지 싹은 죽고 말았습니다. 다른 곳의 약한 새싹들도 뽑았습니다. 꽃 한 번 열매 한 번 맺지 못하고 죽어버린 가엾은 생명입니다. 조금 늦게 싹을 틔웠을 뿐인데 배척당하고 큰놈만 남깁니다. 이것은 인간 사회에도 똑같이 적용됩니다."

농사짓는 과정을 통해 나름의 자기 생각들을 키워가고 있었다. 농사를 지으면서 솎아내는 것을 당연하다 생각했는데 뽑히는 새싹이 자기 같아서 마음 졸이는 그 마음을 어른들은 짐작이나 할 수 있을까? 진로에 대한 고민과 현재에 최선을 다하자고 마음먹어도 불확실하기만 한 내일이 두렵기만 한 것이다.

"꼭 대학이 아니어도 괜찮다고, 번듯한 직장이 없어도 괜찮다고, 그냥 지금의 나를 받아들이고 지금 내 앞에 주어진 상황들에 할 수 있는 만큼만 마음을 다하자고. 그렇게 마음먹은 지 2년의 세월이 흘렀다. 잘 지내왔는데 주위에서 하는 말이나 행동들이 나를 흔든다. "에이, 그래도 대학은 가야 하지 않겠어.

너 나중에 어떻게 살려고 그래" 들어도 괜찮았던 말들이 머릿속에 들어와 박힌다. 너무 철없는 생각으로 사는 건 아닐까. 주변 사람들에게 듣다 보니 어느 순간 나도 모르게 세뇌당하는 것 같다. 가시넝쿨 사이에 박혀 있는 기분이다. 옥수숫대 뽑던 날을 기억한다. 가느다란 옥수숫대가 그렇게 강한지 몰랐다. 몸무게로 힘을 실어서 뽑는데도 잘 뽑히지 않았다. 나도 가느다랗고 약해 보여도 쉽게 뽑히고 싶지 않다. 남들이 쉽게 보고 우습게 봐도 땅속 깊이 박힌 내 의지가 아니면 움직이고 싶지 않다."

아이들은 온 힘을 다해 오늘을 살아내고 있었다. 나 또한 그러하지 않은가. 그래서 우린 나이를 떠나 너나없이 동행자인 것이다.

5

2학년 수업을 마치며 수행평가 감상문 형식 말고, 자기소개서 형식의 글을 써보자 했다. 입학할 때 자기소개서를 썼듯이 3학년 올라가기 전에 지금의 자기를 돌아보는 기회가 되면 좋지 않을까 싶어서였다. 글들을 받아 읽고는 한동안 가슴이 먹먹해 말을 이어가기가 힘들었다. 아이들은 모두 자기 삶의 인생 작가였다.

"이곳에서 보낼 시간보다 보낸 시간이 많은 2학년이 끝나가는 시간이다. 내 꿈에 관해 질문해 본다. 1학년 때, 2학년 1학기 때의 꽉 차 있던 월, 화, 수, 목, 금의 일정이 무색하게 요즘은 저녁 시간에 늘 기숙사 침대에 뿌리를 내린다. 사실 잠이 모자란 것은 아닌 것 같다. 밤 11시 30분 소등 이후에도 재깍 자는 걸 보면 말이다. 그렇게 반수면 상태로 기숙사 방문을 닫고 있으면 아직 완전히 지지 않은 햇빛이 스며들기도 하고 친구들이 장난치는 소리가 들리기도 한다. 산책하는 소리가 들리기도 하지만 외면한다. 난 왜 이럴까 생각해보면 잘 모르겠다. 중학생 때 보다 밤하늘의 별이 더 높아진 것 같다. 내가 다 큰 줄 알고 귓등에 쌓아 놓은 선생님과 부모님의 잔소리는 늘 내 자존심과 싸운다. 결과는 뻔하다. 지난번에 아버지가 했던 걱정들이 틀린 게 아닌 것 같다. 시간은 화살 같다. 너무나 빠르고 그에 반해 너무 게으른 난 피하지 못해 그대로 맞아 버린다. 따가운 시선에 많이 찢어진 내 의지는 인제 와서 날 다그친다. 누군가에게는 그저 시시콜콜한 이야기일 수도 있는 이 이야기가 요즘 내 이야기다. 고민하지 않고 살아가는 사람은 없겠지만 그보다 조금 더 예민한 난 하나하나 짚고 가느라 피곤한 듯하다. 나를 위로하던 누군가의 그림도 뚝딱 나온 것이 아님을 깨닫고 그간 나의 아버지가 그린 그림도 무심코 보던 어제보다 더 깊다. 나는 누군가? 또 여긴 어딘가? 농담 같던 말이 하나도 웃기지 않고 오히려 진지하다. 머리 안에 가득 짐을 지고 내 꿈, 내 걱정, 내 겁과 그림, 글의 선을 긋는다."

성찰의 시간이다. 부모의 기대가 무거워 보이던 아이였다. 삽을 팽개쳤던 아이에게 덜미가 잡혀 있는 것 같아 자신감을 불어 넣고 그 아이와 떼어 놓으려 애를 썼던 시간이었는데 기숙사에서 폭력을 당하기도 했던 모양이다. 그 아이의 처벌을 원하지 않고 끝내 졸업식을 함께 했던 뚝심 있는 아이였다. 무거운 마음을 감추기라도 하듯 장난기 많아 보이던 행동들은 또 다른 자기표현의 방식이었던 것이다.

"퇴학 조치를 당했다. 정말 웃긴 건, 그때도 난 잠깐 느낀 허전함과 아쉬움 외에는 아무 생각이 없었다. 아빠는 내 앞에서 처음으로 술이 떡이 된 채 눈물을 흘렸다. 그때도 잠깐 느낀 미안함 뿐. 그 외에는 또 아무 생각이 안 났다. 처음에는 검정고시를 보려다가 일주일 만에 포기했다. 그리고 아빠의 강압으로 이 학교에 입학하게 되었다. 바로 전학 가려 했는데 마음이 바뀌었다. 선생님들은 나와 대화하려 하고 알아보려 하고 이해하려 했다. 학교에서 처음으로 온기를 느꼈고 학교에 남기로 했다. 하지만 얼어붙은 내 마음은 쉽게 녹지 않았다. 지난 한 해가 몹시 후회됐다. 돌아보면 아무것도 남은 게 없었다. 겨울방학때 나는 나를 직시했다. 창피했다. 부끄럽고 보기 싫었다. 2학년이 되었다. 반 친구들과 잘 지냈고 내게 고민을 이야기하는 아이들도 생겼다. 작년과는 비교도 안 될 정도로 나를 편하게 대했다. 나도 많이 노력했다. 그러자 사람들은 내게 기대를 하기 시작했다. 그 기대는 점점 커졌고 나를 옥죄여 왔다.

나를 다시 가두었다. 뭔지 모를 부담감과 시선들이 매일 나를 괴롭혔다. 너무 힘들었다. 자존감은 바닥을 쳤고 나를 감추고 싶었다. 사람들에게 잊히기를 바라면서 숙려제를 쓰려다 1학기를 마치고 방학을 맞았다. 모든 연락을 끊고 오로지 나에게

만 집중했다. 나만을 위한 시간을 갖고 생각하고 또 생각했다. '결국, 내가 나를 망쳐왔고 나를 힘들게 했구나! 나도 모르는 사이에 숨 쉴 틈조차 주지 않고 나를 너무 몰아붙였구나!' 비우고 버리니 편안해졌다. 도전해보고 싶은 것도, 하고 싶은 일도 생겼다. 이대로 내버려 둬서는 안 된다는 것을 알기에 준비하기로 했다. 철없는 어른이 되고 싶지는 않다."

내가 수업 시간에 들어오지 말라고 했던 녀석이다. "너, 인생을 어찌 살려고 그래?" 했을 때 "당신이 뭔데? 일주일에 한 번 보고, 나를 얼마나 안다고 내 인생을 이야기하는데?"라며 대들었었다. 또, 한 해가 가고 노작과 자연 수업 시간 외에 '생각하는 삶-인문학' 수업을 맡게 되었다. 윗글의 주인공 녀석도 함께 들어왔다. 그 인연으로 학기 말에는 생각 여행팀을 꾸려 거제도 2박 3일 여행길에 함께했다. 여행 둘째 날 밤, 이야기를 주거니 받거니 뒤풀이를 하는 중에 벌떡 일어나 큰절을 했다. '죄송했다'라고 '감사하다'라고. '강사 주제에, 내 인생을 뭐라 해' 하던 마음이 진정으로 열렸다.

한 놈은 그림과 글 쓰는 꿈을 갖고 세상으로 나갔고, 또 한 놈은 국어 선생이 되어 이 학교에 돌아오겠다는 꿈을 꾸었다. 두 놈은 그렇게 내 마음속 제자로 남았다.

나의 길을 밝히는
등불 하나.

뒤에 오는 이들을 위한
촛불 하나.

학교 옆으로 작은 실개천인 도랑이 있었다. 학교 부지와 농지 사이의 경계다. 개천 정비사업으로 둑이 만들어지고 울타리가 완성되었다. 울타리 안쪽에 길게 난 둑길을 텃밭으로 만들었다. 완전 돌밭인 딱딱한 땅을 작물을 심을만한 밭으로 만드는 작업은 시간과 공이 많이 들어가는 일이었다. 조금씩 정리하던 차에 4기 신입생들과 함께 이곳을 1학년 텃밭으로 만들게 되었다.

시작은 순조로웠다. 적응하는 기간이라 한 반에 열다섯 명씩 꽉 차게 수업에 참여하는 분위기를 몰아 밭 준비가 시작되었다. 돌을 고르고 퇴비를 섞어 이랑을 만들고, 비닐 멀칭을 씌워 모양새를 갖췄다. 4월 중순부터 감자를 심고 옥수수 씨를 뿌리고 고추, 토마토, 고구마, 수박, 참외 모종을 심었다.

아이들의 색깔이 서서히 드러나기 시작했다. 밭을 이리저리 뛰어다니며 "저는 돈 안 되는 일은 하지 않아요. 우리 아버지가 그랬어요." 하는 놈으로부터 시작되었다. 밭일하지 않겠다는 의사표시다. "돈 안 되는 일일수록 행복한 일이 얼마나 많은데." 어른들에게서 배운 잘못된 가치관의 싸움이기도 했다.

이렇게 색깔이 분명히 나뉘는 기수는 처음이었다. 기가 센 아이들과 아무 의욕이 없는 무기력한 아이들, 그리고 그 중간에 뭐라도 하려고 애쓰는 아이들이 각각의 무리를 구성하고 있었다. 따라오는 아이들을 중심으로 기 센 놈들은 주저앉히고, 무기력한 놈들은 끌어 올려야 했다. 그래야 수업도 제대로 이루어지고 아이들도 성장할 테니까.

5월 중순에 접어들면서 어쩌면 그렇게 맞춤이라도 한 듯 반 분위기가 모두 비슷비슷했다. 출석을 부르고 5분 집중이 끝나면 구름처럼 흩어졌다. 주변에 남아 함께 밭일하는 아이들이 서넛, 그 주변에서 서성이는 아이들이 서넛, 아예 눈에서 벗어난 아이들이 서넛. 밭일하면서도 신경은 계속 눈에 보이지 않는 아이들을 쫓았고, 일하는 아이들도 짜증을 내며 투덜거렸다.

5분 집중이 끝나고 밭일을 시작하려는데 아이들이 움직이지 않았다. 스멀스멀 연기처럼 흩어져 가는 중이다. '버럭' 화를 내고 말았다. 한 번 부딪쳐야 분위기를 바꿀 수 있겠다 싶었다. 마지막 반에서 일이 터졌다. 21살짜리 남자 친구가 입학했는데 반장이었다. 나이도 있고 그 주변에 모여 있는 아이들도 있어 처음엔 잘하겠거니 싶었다.

일하는 척하다가는 슬며시 자리를 떠났다. 키 작은 친구 하나가 그림자처럼 따라다니는데 둘이 없어지고 나면 다들 슬금슬금 자취를 감췄다. "너는 그림자가 아니야, 주체지." 포문을 연 건 따라다니는 친구로부터 시작했다. 떼어 놓기 위해서였다. "21살이나 돼서, 반장이 그러니 다들 따라 하잖아." 하고 정면으로 겨눴다. 판을 흔들어 놓고자 했다.

후폭풍은 거셌다. 그다음 주 수업에 들어갔는데 분위기가 싸했다. 21살짜리는 수업에 나오지 않았고, 수업에 잘 참여하지 않아 아직 이름도 기억하지 못하는 여자아이 하나가 입을 열었다. 어떻게 선생님이 나이를 가지고 뭐라 그러느냐고. 참여하지 않은 건 우리지 왜 책임을 OO이에게만 묻느냐고. 여자아이들 네다섯 명이 한꺼번에 거들고 나왔다. 급기야 '나이를 가지고 뭐라 하는 선생님은 자격이 없다'라고까지 한다. 당돌했다.

　그렇게 해서 첫째 시간은 토론을 하기로 했다. 아이들 이야기를 모두 들었다. 나이를 가지고 뭐라 한 부분에 대해서는 깨끗이 사과했다. 뒤이어 나타난 21살짜리는 21살의 나이가 아니라 고1로서 생활하고 싶어 이 학교에 왔노라고. 그래서 동급생들에게도 그냥 이름을 부르라고 했노라 했다. 하지만 21살 형이 엄연하고 그만한 영향을 끼치고 있는 것에 대한 반성과 사과는 없었다.

　말을 맞춘 듯 수업을 진행할 수 없는 분위기라 둘째 시간에는 참여하고 싶은 친구들만 참여하라 하고 수업을 진행했다. 다섯 명 정도가 남았다. 묵묵히 하루를 견뎌냈다. 그다음 주 5분 집중은 생략하고 바로 텃밭 일을 시작했다. 일곱 명 정도가 남았다. 일만 했다. 남은 친구들은 말없이 내 주변을 지키며 나를 위로하는 듯했다.

　짝꿍 선생님이 21살짜리를 데리고 나가 밥이라도 사주면서 이야기를 하면 어떻겠냐고 했지만 내키지 않았다. 풀어도 아이들과 함께 풀어야 한다고 생각했다. 그다음 주 수업에는 21살짜리를 포함해 모두가 밭에 나왔다. 2주 정도의 냉각기와 주변 선생님들의 측면 지원으로 분위기가 바뀐 모양이었다. '찔레쌤, 이건 어떻게 해요' 21살짜리가 물었다. 일머리가 엉성했다. 이제 소통이 이루어질 수 있는 시간이 온 것 같았다.

7

　욕하고 떼를 쓰는 통제되지 않는 한 녀석이 있었다. 비 오는 날 교실 수업을 할 때면 떠들고 노래 부르고. 조용히 하라고 친구가 말하면 바로 욕이 튀어나왔다. 내가 뭐라 해도 교실을 나갔다. 이런 친구 하나 있으면 수업을 진행하기가 참 힘들다. 아슬아슬한 시간이 흘러가는 중에 사건이 터졌다.

고추 이랑과 토마토 이랑의 곁순을 따는 작업이 진행 중이었다. 중간에 나타나서는 일을 하는 친구에게 끼어들며 본인이 하겠노라며 밀어냈다. 그 친구도 버티며 팽팽했다. 둘이 뭔가 있는 것이다. 장소를 옮겨 참외와 수박밭에서 일하고 있는데 닭장 근처에서 한바탕 소란이 일어났다. 둘이 멱살잡이를 하고 분위기가 험악했다. 하필 짝꿍 샘이 자리를 비운 틈이다. 아이들이 몰려들어 둘을 떼어 놓았다.

호미며 삽, 낫 등 농기구가 무기로 변하는 건 순간이기 때문에 노작 수업은 늘 긴장되는 수업이다. 둘을 떼어 놓고 돌아서는데 녀석이 돌멩이를 집더니 싸웠던 친구에게로 다시 갔다. 일촉즉발이다. 팔을 붙잡고 멈추게 하려는데 힘에 버거웠다. 주변에 친구들이 있으니 자존심상 여기서 멈추지 않을 것 같았고 뭔 사달이 나야 끝날 것 같은 분위기였다. 순간 녀석의 팔을 한 바퀴 돌려 등 뒤로 꺾어 제압했다. 어이가 없는지 씩씩거리면서도 대들지는 않았다.

그렇게 끝났는가 싶었는데 텃밭 일을 하는 사이에 토마토밭 근처에서 큰 소리가 나고 펜스가 출렁거렸다. 둘이 제대로 붙은 모양이다. 아이들이 엉켜 있는 사이를 뚫고 녀석을 붙잡았다. 아이들에게 교장 선생님을 불러오라고 지원 요청을 했다. 여럿이 녀석을 끌어안고 버티는 중에 교장 선생님이 나타나고서야 멈췄다. 교장실에 불려간 아이들은 아무래도 학교 징계가 걸려 있으니 서로 사과하고 끝낸 모양이다. 그 사건 후 아이들은 나를 '힘센 찔레'로 불렀다.

이래저래 아이들과 부딪히는 모습이 안쓰러웠던 모양이다. 짝꿍 선생님이 "너무 애쓰지 말아요. 지쳐요. 내려놓으세요." 했다. 나를 위로하는 마음이 담겨 있었다. 1층 교무실에 강사기록 카드를 쓰려고 들어갔는데 한 선생님이 "너무 많은 일을 하지 마세요. 그러다 한 번에 훅 가요." 했다. 고생한다고, 농담처럼 던진 말이었지만 다른 선생님들과 비교되는 것에 대한 경계인 것은 분명해 보였다.

매번 아이들과 부딪히면서도 뭔가 해 보려던 중이었는데 커다란 장벽에 부딪힌 느낌이었다. 그 과정에서 아이들도 나도 변화하고 성장할 거라고 믿어 왔었는데 말이다. 지방 현장에 나가기 시작한 이후 매일 밤 전화로 안부를 묻는 작은 딸에게 그날 밤 학교에서 있었던 이런저런 이야기를 들려주었다. 누구보다 나를 잘 아는 녀석이라고 생각했기에. "아빠, 아빠가 맞아. 아빠 생각대로 해." 한다. 이보다 더 큰 위로가 있겠는가.

힘든 날들이었다. 진이 빠졌다. 모처럼 수행평가 감상문을 쓰기 위한 교실 수업이었다. 종이를 나눠주고 창문 밖을 물끄러미 바라보았다. '이제 노작 강사는 그만해야겠어.' 생각하며 무심코 탁자 위에 제출된 감상문 하나를 집어 들었다.

"처음 노작 수업 때는 반 친구들이 다 같이 열심히 했다. 나도 노작 수업이 재미있었고 칭찬도 많이 들어서 매주 노작 수업이 기다려졌다. 퇴비를 섞고 땅을 고를 땐 한 명도 빠짐없이 수업을 들었는데, 어느새 노작 일을 하는 친구들이 나를 포함해서 서너 명밖에 남지 않았다. 할 일은 많은데 일손은 부족하고, 다른 친구들은 학교 여기저기에서 놀고 있는 게 화가 나고 짜증도 났다. 수업 중간쯤에는 '어차피 다 도망가는데 나 하나쯤 더 도망가면 어때'라는 생각으로 수업을 한두 번 빠지기도 했다. 그러다 어느 날, 반 친구들이랑 찔레 선생님이랑 정말 크게 싸운 날이 있었다. 나는 우리가 잘못한 게 더 크다고 생각했는데 친구들은 그게 아니었던 것 같다. 싸운 날의 다음 주 수업에는 많은 친구가 수업에 들어왔고, 내가 수업에 들어가지 않았던 날들이 바보같이 느껴졌다. 그날 이후로 정말 열심히 수업을 듣고, 열심히 농작물을 키웠다. 그때부터 그전에는 보이지 않던 것이 보이기 시작했다. 우리가 기른 감자, 토마토, 고추, 옥수수가 성장하는 게 주마다 보이기 시작했고, 내 생각에도 변화가 느껴졌다. 내가 아무 생각 없이 일할 때마다 찔레 쌤 하신 말씀이 정말 많은 도움이 되었다. 옥수수 모종에 물을 줄 때 "○○은 일을 잘하네. 물을 줄 때는 그렇게 고개를 숙이고 겸손한 자세로 물을 주는 거야."라고 하셔서 생각지도 못했던 '겸손해야 한다.'라는 그것에 관한 생각이 많아졌다. 잡초를 뽑던 날에는 힘들다고 찡찡거렸는데 찔레쌤이 "잡초를 뽑을 때는 마음이 비워지고 아무 생각이 없다."라면서 선생님이 좋아하는 작업이라고 해 주셨다. 그전까지는 힘들다는 생각밖에 없었는데 선생님 말씀을 듣고 난 후에는 진짜로 마음이 비워지고 편해서 잡초 뽑는 걸 좋아하게 되었다. 노작을 배운 후에 내가 성장했다는 게 느껴지고 식물과 내가 같이 성장하는 기분이 들었다."

숨을 크게 들이마셨다. 그리고 속말을 했다. '노작 수업을 계속 해야겠어.'

8

새 학년이 시작되고 노작 수업이 본격적으로 시작되는 때는 3월 중순 이후다. 본격적인 농사에 들어가는 때가 4월 중순이니 밭을 준비하더라도 시간적 여유가 있었다. 1학년은 5월에 2박 3일 자전거 기행을 가는데, 짝꿍 선생님이 학년 부장에다 자전거 기행 책임자였다. 그래서 4월 노작 수업 중에 두 번 정도는 아이들의 자전거 기행 사전 연습을 해 왔다. 그때 내 역할은 자전거를 타지 못하는 친구들을 연습시키는 일이다.

보통은 어린이날에 자전거를 선물 받거나 아빠와 자전거 연습을 하던 추억이 있기 마련이다. 자전거를 타보지 않거나 못 타는 친구들은 그런 어린 날이 없거나 자전거에 대한 트라우마가 있는 경우가 많다. 자전거 안장 뒤를 붙잡고 자세를 잡아준 후 학교 건물을 한 바퀴 돌아 연습을 시키는 일은 숨이 찼다. 하지만 새 학년이 되어 만나는 아이들과 사전 교감이 일어나는 시간이기도 했고 딸들에게 자전거 연습을 시키던 때가 생각나 즐겁기도 했다.

그렇게 자전거 연습을 시키며 만난 아이가 있었다. 이 학교는 대부분 강원도 전 지역에서 오기 때문에 이 지역에 있는 아이를 만나기는 쉽지 않다. 한데 내가 있는 서원 가까운 지역에 살고 있단다. 청소년 주말학교를 시작하던 터라 주말학교 신청을 하면 어떻겠냐고 제안했다. 그리고 본격적인 수업이 시작되었을 때 출석을 부르고 '5분 집중' 이야기를 하려는데 이 녀석만 외따로 앉아 있다.

현실과 한 발짝 거리 두기를 하고 초점 없이 바라보는 허한 눈빛, 무언가의 슬픔에 가려진 분위기를 풍겼다. 주말학교 신청서를 쓰기는 했는데 첫 회기에 참석하지 않아 수업 끝나고 잠깐 참석 의사를 묻는데, 아이의 바라보는 눈빛이 깊다. 말을 하지 않으니 표정을 살필 뿐이다. 그다음 회기에도 약속을 잡고 데리러 갔는데 나오지 않았다. 아마 그 시기가 집을 옮기는 때였던 모양이다.

6월 중순. 청소년 주말학교에서 제천 사회적 농장을 답사하기로 했다. 주말학교가 지역 교육지원청, 배움터, 사회적 농업협의회, 서원이 협의체를 구성해 운영하는 터라 이번에는 사회적 농업협의회가 주선한 일정이었다. 버스 시간에 맞추어 태우러 가겠노라 했는데, 운동화를 빨아 신을 신발이 없단다. 서원에 포장을 뜯지 않은 슬리퍼를 들고 마중을 나갔다.

사회적 농업에 참가하는 어른들과 함께 버스를 대절해 움직였다. 차에 올라 옆자리에 앉았는데 '대화'를 하며 가자고 한다. 말문을 여는구나 싶었는데 첫 질문이 '쌤은 왜 살아요.'였다. 농담처럼 받아넘기기엔 질문하는 태도가 진지했다. 왜 사는가를 고민하고 묻는다는 건 삶의 의미를 찾고 있다는 뜻이기도 하지만 죽음의 문제를 생각하고 있다는 뜻도 되니까. 식은땀을 흘리며 떠듬떠듬 답을 했다.

상담하는 의사 선생님에게도 질문했었는데 진지한 답을 들을 수 없었단다. 명쾌한 답이 있을 수 없는 근원적 질문 아니던가. 자기에 대해 궁금한 게 있으면 물어보라고 했지만, 차차로 시간이 필요하겠다 싶어 많은 말을 묻어 두었다. 제천 사회적 농장에서 설명 및 강의를 들은 후 아이들을 위한 소풍 계획으로 청풍호반 모노레 일을 타러 갔다. 처음에는 모노레일을 안타고 여기서 기다리겠다 고 하더니 '같이 가자'라며 뒤로 손을 내밀었는데 달려와 덥석 잡 았다. 작고 여린 손이었다. 낭떠러지에 매달려 있다가 내민 손을 잡은 것 같은 전율이 느껴졌다.

수업이 있어 학교에 가는 날. 차를 세우고 현관으로 걸어가는 데 멀리에서 한 아이가 뛰어왔다. 그 아이였다. 기다리고 있었던 모양이다. 반가움에 웃음 가득 안고 달려오는 아이에게 팔을 벌렸 다. '이제, 마음을 열었구나.' 신고 갔었던 슬리퍼를 내내 신고 다니 며, 찔레쌤이 선물해 준 거라고 자랑을 했단다. 누군가에게 선물을 받았다고 자랑하고픈 그 마음에 또 가슴이 저렸다.

1학기 말 수행평가 감상문을 받아든 나는 한참을 읽고 또 읽었 다. 글은 잘 쓴 글인데 독해가 난해했다. '나는 잡초다'라는 말에서 가시가 목에 걸린 듯 아픔이 전해왔다. 자기의 처지를 잡초에 비유 하면서도 자기를 들어내지 않고 피하면서 얼버무렸다. 고만한 또 래들이 쓰는 일기체 문장이 아니라 사색이 담긴 글쓰기가 가능한 아이였다.

발을 땅에 딛게 하고 싶었다. 참여가 쉽지 않았던 터에 여름 주 말학교 캠프에는 어렵사리 합류했다. 두 개 고등학교 아이들이 주 축이 된 주말학교 아이들 열다섯 명 남짓. 캠프의 주제는 '내 인생 의 나이테'였다. 첫째 날은 나를 포함해 풍물, 연극 강사와 교육청 복지사 선생님들 인생 이야기를 나눴다. 둘째 날 밤에는 주말학 교 친구들이 만든 나무 침상에 자기를 표현하는 그림과 글을 담고

PPT를 더했다. 깜깜한 밤 작은 도서관 야외 공간에 불을 밝히고 각
자의 인생 이야기가 무르익어 갔다.

자기는 하지 않겠다고 계속 발을 빼서 그러면 글로 써서 준비
하자 했었다. 몇 번을 고쳐 써서 준비했는데, 막상 막이 오르고 친
구들의 이야기가 분위기를 타자 마음이 바뀐 것 같았다. 자기도 직
접 하겠단다. 차례가 되어 자리에 앉고 시선이 집중되자 아이는 상
기되고 굳어진 얼굴로 한참을 그렇게 있었다. 말문을 떼려는 순간
'훅' 하고 눈물이 터졌다. 조용히 모두가 기다렸다. 엄마 잃고 날개
잃은 새처럼 조그마한 모습으로 앉아 있는 아이의 눈물이 멈추지
않았다.

순서를 바꾸자고 숨고르기를 하고 아이가 제 자리로 돌아왔
다. 모두의 이야기가 끝이 날 때쯤 한마디만 하라고 시간을 주었는
데. 한참을 머뭇거리더니 혼잣소리로 '할 얘기 없어요. 인생이 구
질구질해서.' 잠시의 정적이 흘렀다. 마무리는 해야겠으니 '내 인
생의 나이테'에 속 이야기를 해준 모두에게 응원의 박수를 보낸다
며, 노래를 하나 하겠다고 했다. 지난겨울 몇 번을 울면서 보았던
드라마 '나의 아저씨' 주제곡 '어른'이다. 그 아이를 위한 나의 위로
이기도 했다.

"고단한 하루 끝에 떨구는 눈물, 나는 어디를 향해 가는 걸까?

아플 만큼 아팠다고 생각했는데, 아직도 한 참 남은 건가 봐

이 넓은 세상에 혼자인 것처럼, 아무도 내 맘을 보려 하지 않

고, 아무도

웃는 사람들 틈에 이방인처럼, 혼자만 모든 걸 잃은 표정
정신없이 한참을 뛰었던 걸까, 이제는 너무 멀어진 꿈들
이 오랜 슬픔이 그치기는 할까, 언젠가 한 번쯤 따스한 햇별이
내릴까?

나는 내가 되고, 별은 영원히 빛나고, 잠들지 않는 꿈을 꾸고 있어
바보 같은 나는 내가 될 수 없단 걸, 눈을 뜨고야 그걸 알게 됐죠
어떤 날 어떤 시간, 어느 곳에서, 나의 작은 세상은 웃어줄까?"

9

여름방학 후 학교에서 아이의 모습이 밝아졌다. 이렇게 저렇게 짝꿍이 생긴 모양이다. 반을 넘나들며 서너 아이가 그 아이를 중심으로 무리 지어진 것이 보였다. 수업이 끝나면 다른 반 아이들 두세 명이 찾아오고, 같은 반 아이 하나는 아예 착 달라붙어 그 아이를 챙겼다. 잘 들어주는 품성에다 보호 본능까지 작용해 공감이 형성되는 친구들 사이에 교집합을 이룬 것처럼 보였다.

하지만 그리 오래가지는 않았다. 가정사나 개인사로 인한 상처들을 안고 있는 터라 관계가 집착 형태로 나타나는 것 같았다. 이 친구도 인문학 수업에 들어오는데 한 친구가 따라와 꼭 끌어안고는 '얘 내꺼예요.' 한다. 같은 반 친구 하나는 아예 '아이' 취급을 하면서 끼고 돌았다. 받아주고 들어주니, 나쁘게 말하면 만만해 보이는 건 아닐까 걱정이 되었다.

아이는 선생님들에게 털어놓고 이야기를 해야 하는데 속으로 삼켰다. 상처를 받은 사람에 대해서도 비난하거나 책임을 돌리지 않았다. 그러니 그 속은 어떠할까. 맞설 힘이 없으니 피하고 싶은 거다. 자퇴하고 싶다고, 위태위태한 시간이기는 했어도 학교에서는 한두 명의 선생님들과 이야기가 통하는 것 같았고, 주말학교에서도 선생님들과 잘 지냈다. 나와는 마흔 살 나이 차이를 넘어 절친이 되었다.

12월 초 부산으로 간 주말학교 졸업여행에서는 여행 기간 내내 내 손을 꼭 잡고 다녔다. 곁에 있어 줄 친구가 생긴 것이다. 이틀째 노래방에 가서는 모두가 경탄할 노래 실력을 보여줬다. 그것은 주말학교 친구들 관계에 있어 새로운 전환점이었다. 그리고 12월 말 학교의 '꿈 날다' 발표에 초대를 받았다. 수요일마다 직업과 진로에 대한 개별 활동을 발표하는 자리였다. 사람들 앞에 서는 것을 무엇보다 두려워해 도망가겠다던 아이는 내가 그 자리에 함께 있다는 것에 안도하며 발표를 마쳤다.

2학년이 되는 해, 코로나 19 대유행으로 개학이 늦춰지자 아이는 너무나 좋아했다. 학교에 가는 걸 죽기보다 싫어했으니. 불안정한 학사 일정에 학교에만 갔다 오면 아이는 시든 파처럼 축 처졌다. 2년 차 주말학교가 열리자 의욕을 보이던 아이는 학교를 다녀온 뒤 주말학교 시간에 같은 학교 아이들을 마주치자 휑하니 나가 버렸다.

무언가 큰 격랑이 다시 한번 찾아오는 듯했다. 전조다. 자퇴를 극구 반대하는 아버지를 대신해 떨어져 사는 엄마에게 지원을 요청한 모양이었다. 엄마가 오기로 했다고. 자퇴하기로 했다고. 그날 저녁 학교 선생님의 도움을 받아 학교를 찾아갔다. 마음의 상태를 읽어야겠다고 생각했는데. 의외로 담담했다.

외할아버지, 외할머니와 함께 온 엄마와 하룻밤을 같이 보내고 그다음 날 만난 아이는 머리를 곱게 빗고 평안해진 얼굴로 나타났다. 어렸을 때 어두운 저녁 무렵 밭 귀퉁이에서 쓰레기를 태우며 울고 있던 엄마를 보았었다고. 크면 돈 많이 벌어 엄마를 행복하게 해주고 싶었다고 하던 말이 불현듯 떠올랐다. 지난겨울 살림채에서 내가 밥상을 차렸을 때 어려서 엄마랑 같이 먹던 식사 외에 처음으로 맘 편히 밥을 먹는다고 했던 말도 생각났다.

엄마를 만나고도 답을 찾지 못한 아이는 아로마요법 상담을 받으며 무언가가 복받쳤던 모양이었다. 그날 학교에서 감정이 폭발하는 사건이 있었고, 결국 아이는 기숙사에서 짐을 싼 것 같았다. 그다음 날 울먹이며 전화가 왔다. 할 말 없다고. 학교 선생님들한테 들으라고. 아이를 늘 챙기던 선생님과 통화를 했다. 상황이 긴박해 보였다.

아이와 아빠, 학교와 내가 함께 이야기해 보면 좋겠다는 의사를 전했다. 내 의견을 듣고 학교에서 지도하면 모를까 같이 자리를 만드는 건 아니라는 답이 돌아왔다. 그리고 다른 경로로 '끝까지 책임질 거 아니면 개입하지 말라'는 말도 따라왔다. '말이야, 막걸리야' 화가 치솟았지만, 아이의 상태를 파악하는 게 우선이었다. 세상에 끝까지 책임질 수 있는 일이란 게 있단 말인가. 현재에 최선을 다하는 것뿐.

주말학교를 함께 운영하는 교육지원청 복지사 선생님에게 지원을 요청했다. 마음을 다해 아이들과 교감하고, 특히 이 아이에 대한 애정이 남달랐기에 부탁을 할 수 있었다. 그날 밤 아이를 집에 데리고 가 진솔한 이야기들이 된 듯했다. 교육청에서 할 수 있는 일을 찾아보겠다고 발 벗고 나섰는데 학교와 상의 없이 일을 진행한다고. '끝까지 책임질 거 아니면 개입하지 말라'는 말이 다시금 돌아왔다.

아이가 학교 선생님들에게 입을 닫고 있는 상황에서, 학교가 할 수 있는 일이 아무것도 없으면서 학교 밖의 개입이라 선을 그었다. 내가 아무리 열심히 하고, 아이들과 교감해도 나는 그저 학교로 보면 외부인이었다. 학교에서는 강사로, 주말학교 교장으로 아이들의 성장을 위해 함께한다고 생각해 왔는데 그건 그저 나의 착각일 뿐이었다.

그러는 사이 아이는 모두에게 연락을 끊었다. 아이의 집 근처 면 소재지에서 우연히 마주쳤는데 피했다. 전화번호를 바꿨다. 시간이 길어지면서 불안감이 커졌다. 생사의 갈림길에 서 있다는 생각을 하니 착잡했다. 아빠 집에 있다는 확인이 되었다. 기다리기로 했다. 돌아오리라는 믿음도 있었다.

3개월여의 잠수 끝에 아이가 학교에 모습을 보였다. 자퇴든 퇴학이든 절차를 마무리해야 하는 상태였을 테니까. 학년 부장 선생님과 학교의 도움으로 학교에 남기로 한 모양이다. 그리고 나에게도 문자가 왔다. 죽을 만큼 힘들었노라고, 지금도 편하지 않다고. 마음의 빗장이 고스란히 채워져 있었다. 매일같이 기다리고 있었노라고, 이전의 자신과 다른 자신이 되었을 거라고 답을 했다.

코로나 19, 3차 유행의 시점이라 학교에 가는 부담이 적었고, 숙려제를 쓰기로 해서 집에 있는 날들이 이어졌다. 학교 주선으로 병원 상담과 치료를 받기로 약속한 모양이었다. 교육지원청 안에 있는 위 센터 상담 선생님과도 일주일에 두 번 만남이 이루어졌다. 지역의 멘토 선생님과도 일주일에 한 번 만나고, 나와도 일상의 만남이 복원되었다. 밥 먹고, 호수 길을 걷고, 산을 오르고.

잠적해 있는 동안 주말학교 친구들에게 측면 도움을 요청했었다. 함께 있어 줄 단 한 명의 친구만 있어도 학교가 지옥 같지는 않았을 것이다. 기억하고 있다고, 기다리고 있다고. 혼자가 아니라고. 겨울방학이 시작될 무렵, 20일쯤 시간을 달라고 했다. 무엇이든 해 보겠다고. 마침 나도 글을 쓰기 시작하던 때라 각자의 일을 열심히 해 보자고 했다.

아빠 일을 따라 다녔단다. 새벽 6시에 일어나 밥을 차리고, 설거지하고, 일하는 아빠 옆에서 거들고, 집에 돌아와 빨래했단다. 책을 읽으려 애쓰고, 그림을 다시 시작했단다. 학교 상담 선생님과 보건 선생님이 도와줘서 청소년증도 발급받았단다. 모처럼 만나 지난 이야기들을 하는데 주르륵 눈물을 흘렸다.

"왜 울어?"

"정말 많은 사람의 도움을 받았어. 찔레도. 감사해서, 감사하니까 눈물이 나오네."

10

주말학교에서 부르는 별칭을 지어 달라 했었다. "반달 어때. 반은 차고, 반은 비어 있는. 모자라지도 넘치지도 않는 중간." "괜찮네." 했었다. 이름을 지어 주고 생각해보니 반달은 '경계'이기도 했다.

둥근 원에 반을 나누어 보면 현실과 이상의 경계, 삶과 죽음의 경계 같지 않은가. 누구라도 그 경계에 서 있지 않은 사람은 없겠지만 잘 어울린다 싶었다.

2년 차 주말학교에 나오는 친구 중에 왼손 팔목에 칼로 그어 자해 흔적이 가득한 아이가 있었다. 또 한 녀석은 엄마 아빠가 하도 싸워 이혼했으면 싶었다고, 숨이 쉬어지지 않고 몇 번의 자살 시도를 했다고 했다. 정말 아무 문제 없이 순탄해 보이는 또 다른 놈도 '나의 나무' 이야기 시간에 공황장애가 있노라고 눈물로 고백했다. 무리를 지어 친구들 속에 늘 웃고 다니던 녀석은 '쌤, 마음 터놓을 친구가 없어요.' 했다.

2020년, 개학이 지연되면서 학교 선생님들과 학년별 세 곳의 텃밭을 만들고 모종을 심어 놓았다. 코로나 19 전염병의 기세가 오르락내리락하는 사이에 만난 1학년들은 서먹서먹해서인지 큰 문제가 드러나지 않았다. 다만 격주로 농사를 짓는다는 게 가능하지 않다는 것이 문제였다. 어영부영 한 학기가 지나고, 또 들쑥날쑥 2학기가 지나갔다. 가을걷이 수확은 엉성했고, 한 일이 없으니 나눌 이야기도 서로의 교감도 낮을 수밖에 없었다.

가을걷이가 끝나고 한가로이 들꽃 다발을 만드는 수업을 진행했다. 텃밭으로 가는 길목의 꽃들도 유난히 시원치 않아 서원에서 들국화와 편백 잎을 준비해 갔다. 그것을 기본으로 갈대와 단풍나무 가지 등을 섞어 자신의 들꽃 다발을 만들어 보자 한 것이었다. 들꽃을 채취하며 걷는 중에 한 친구에게 "너는 이름이 환하고 밝은데, 왜 땅만 보고 다녀." 했다. "제가요, 초등학교 5학년 때부터 아빠한테 하도 맞고 자라서요. 약을 먹고 있는데 아침에 안 챙겨 먹

었더니 더 불안한가 봐요." 그저 나는 말을 걸었을 뿐인데 돌아오
는 대답들은 늘 마음이 아프다.

그 친구가 2학기에 쓴 감상문은 딱 세 줄이었다. "꽃다발을 만
들면서 든 생각이었다. 여러 가지 꽃들이 하나하나 뭉쳐서 꽃다발
이 되는 것처럼. 사람도 똑같다는 것을." 그 자체로 하나의 시가 아
닌가. 텃밭 일에서 생각의 기회를 얻지 못했던 아이들은 들꽃다발
을 만들면서 나름의 자기를 찾아가는 것 같았다.

> "선생님께서 한 줌씩 나누어 주신 환한 국화 다발을 손에 쥐자
> 마자 내 마음도 얼굴도 환해지기 시작했다. 국화꽃이 참 밝았
> 다. 수수하면서도 화려한 노란색을 띠고 있었고, 아주 은은하
> 면서도 짙은 꽃내음을 풍기고 있었다. 나도 처음엔 몇몇 풀과
> 꽃을 꺾다가 이상하게 그 꽃들을 이 국화와 섞으면 뭔가 난잡
> 해지고 난해해지는, 서로가 가진 빛깔들이 다 섞여버리는 느
> 낌을 받았다. 그래서 난 그냥 여유롭게 걸으며 더 이 국화 다발
> 엔 어느 식물도 섞어놓지 않으리라 생각했다. 나는 걸으면서
> 진작 내 국화를 잔잔하고 무색한 신문지로 포장하고 싶다고
> 생각했다. 수수함과 화려함의 조화, 흑백의 신문지가 국화를
> 더 환하게 해줄 것만 같았다. 완성하고 보니 정말 신문지가 국
> 화의 환함을 약간 가리는 듯 더 빛나 보이게 해주었다."

참으로 소중한 시간이 아닐 수 없다. 아이들의 성장 과정을 함
께 한다는 건 어른으로서 더할 수 없는 행복이다. 텃밭 마무리 작업
으로 로터리 작업을 하였다. 다음 농사를 위해 흙이 숨을 쉴 수 있

게 해주는 일이었다. 땅속 깊이 박혀 뽑혀 나오지 않던 비닐 멀칭 조각들이 여기저기 모습을 드러냈다. 밭을 갈고 만들어 놓은 이랑 사이에서 한 친구가 오랜 시간 동안 비닐 조각을 걷어 내고 있었다.

> "밭을 뒤집어 놓으니 조각난 비닐들로 엉망이 된 텃밭이 마치 나의 모습 같았다. 무언가를 하기 위해 나를 뒤집고 가꾸지만 위로하지 못한 상처와 잊히지 않는 기억들이 모습을 나타내 곤 한다. 텃밭에 있는 비닐들은 찾아서 버릴 수 있지만, 나의 비닐은 잡지도 버리지도 못했다. 그래서일까. 그날은 유독 쉬 지 않고 조각난 비닐을 찾아 버렸다. 이렇게라도 하면 나의 비 닐 조각들이 조금이라도 사라지지 않을까 해서."

눈에 띄지 않고 조그만 들꽃으로 피어나는 아이들에게서 수많은 '반달'을 만난다. 촛불로 태어난 정권도, 혁신학교를 넘어 공립형 대안학교로 시작한 이 학교도 정체의 시간을 맞고 있다. 초심은 사라지고 일상의 관리만 남은 껍데기. 하지만 그 속에서도 새로운 생명의 씨앗이 자라나고 있음을 본다.

'반달'이라 느꼈는데 이제 생각해보니 '낮달'이었다. 대낮같이 환한 세상에서 태양을 향해 달려가는 인간 군상의 무리. 한낮엔 존재하지 않는 취급을 당한 반달이 나도 여기 있음을 무심한 낮달로 얼굴을 내민다. 나도 낮달, 너도 낮달.

"쌤은 왜 찔레야?" "장사익 님이 부르는 찔레꽃이란 노래 가사 중에 별처럼 슬픈 찔레꽃, 달처럼 서러운 찔레꽃이란 대목이 있어." "가사가 슬픈데" "나는 아름다운 가사라고 생각해. 무시무시한 가시넝쿨에 하얗고 조그만 꽃이 만개한 걸 보면 우리네 사는 모습 같지 않아. 무엇보다 찔레나무는 뿌리가 강해서 수천 종의 장미 접을 붙이는 대목으로 쓰지." "수많은 종류의 장미꽃을 피우는 뿌리가 되고 싶다는 거네." "딩동댕."

　서원 나들이를 할 때면 항상 대추나무 앞에 선다. 초복, 중복, 말복 세 번에 걸쳐 꽃을 피우고 열매를 맺는 나무다. 인생에도 세 번의 열매 맺을 기회가 있다고 말한다. 청년, 중년, 노년이다. 나는 인생의 가을 말복에 접어들어 꽃을 피웠다. 서원을 만들고 가꾼 십여 년의 삶이다. 그 열매가 어떠할지 아직 모른다. 어차피 인생은 미완성이기에 과정만 있을 뿐이니 미련은 접어두기로 했다.

　올해 겨울은 유난히 눈이 많다. 서원에 심은 어린 소나무들이 겨울의 눈 무게를 감당하지 못해 쳐지고 구부러졌다. 그렇게 세월을 견디고 나니 휘고 굽어 내뻗은 가지가 예술이다. 곧게 자라지 못하고 굽은 소나무. 재목으로 팔려나가지는 못하겠지만 두고두고 사람들의 마음을 위로하게 될 터이다. 수많은 '반달'들을 만나면서 그들의 어깨에 얹어진 짐의 무게를 느낀다. 그 무게가 그 생의 아름다운 가지를 내 뻗게 할 것을 또한 믿는다.

판재로 켜진 나무의 속살을 본다. 가지를 내 뻗을 때마다 생긴 옹이. 그 주변을 휘돌아 생긴 나무의 결. 옹이 없는 나무가 없듯 상처와 아픔 없는 사람은 없다. 옹이를 품고 나무는 자란다. 살아있음의 증표다.

봉우리는 그저 2개 가루일 뿐

어깨동무 산으로
평등의 바다로!

떠남과 만남, 돌아옴에 대한 기록

한 곳에 뿌리내리고 사는 주거 정착형 인간인지라 다른 나라를 여행한다는 것이 그리 소망하는 바는 아니었으나 청소년들과 만남을 준비하면서 계획한 여행학교가 그 시작이 되었다.

그 첫해 여행지는 인도였다. 인도에서 생활했던 이가 길잡이가 되고, 나는 여행의 내용과 후방을 맡았다. 남인도에서 시작해 북인도로 향하는 한 달 남짓의 여정이었다.

두 번째 여행지는 북인도에서 출발해 네팔로 향하는 길이었다. 갠지스강과 불교 유적지를 거쳐 네팔의 안나푸르나를 오르는 여정. 각각 열다섯 명의 청소년과 함께했다.

산문으로 풀어 놓자면 에피소드만도 수십 개에 달하지만 진득하니 이야기를 끌어갈 재간이 없다.

떠남.
만남.
그리고, 돌아옴.

사정으로 여행학교가 일시 중단되면서 혼자라도 떠나고픈 마음이 간절해 한겨레 여행사 주관의 '겨울의 심장, 바이칼'

을 짧게 다녀왔다. 떠나고 싶은 마음이 유럽이나 미국보다는 아시아와 중남미에 닿아 있으니 변방에서 희망을 보고 싶은 가보다.

'낮달'의 이야기처럼 여행의 내용과 참여한 친구들의 성장 과정을 담아냈으면 더할 나위 없을 것이나 가방 한편에 메모장을 두고 여행지마다 '시'를 남겼으니, 여백처럼 행간을 읽는 마음으로 여행길을 함께 할 수 있지 않을까 싶다.

떠남과 만남, 돌아옴에 대한 기록이기도 하고, '시'이면서 '이야기'이기도 하니 말이다.

I

印度^{인도} 연작시

人道^{인도}

왜, 인도였던가

코코넛 가로수 그늘 아래
여행자의 쉼이 있나니
고향의 무논처럼
파릇이 벼들이 자라는 땅

인도 印度

살아지는 삶, 그대로 품어 안은
포용과 환대의 땅
맨발과 맨손의 노동
구걸과 도둑질이 함께 하는 땅

그래, 신들이 많이도 필요한 것일 거야.

개가 소처럼 눕고
소가 신의 자리에 있는
인류 탯줄을 움켜쥐고 있는
아주 오래된 미래여.

낯설지 않은
근대 조국의 모습이여.
그대, 고향 그리워
이 땅에 오게 되었구나.

오로비치에서

뱅골만 파도에 담가
소금 절인 몸
바위 위에 눕히니
꾸덕꾸덕 소금 알갱이

파도 소리와 따사로운 태양이
몸을 열게 하고
소리와 빛이
소금을 영글게 하나니

그대,
오십 생의 절임으로
한 됫박 소금은 얻었는지.

하누만 사원에서 보다

팔뚝을 내지르듯 뻗은 가지에
힘줄이 튀어나와
솟구치는 생명의 약동

돌무더기 산이 불쑥불쑥 솟고
저 멀리 아스라한 숲처럼
돌 병풍이 둘러쳐진

하누만 사원의 시선이여.

어김없이 강이 줄기를 내고
이어진 평야에 초록 물결

이곳에서
이집트를 보는구나.
마야를 보는구나.

인류 문명의 태동을 보는구나.

코코넛 가로수길을 걸으며

쭉쭉 뻗은 코코넛 가로수 나무
처음부터 그런 듯 보였는데
키 작은 코코넛 나무를 보았네.

아랫단부터 가지와 잎을 내밀고
손이 닿을 만한 곳에 열린 코코넛
저 높은 곳 열매를 어찌 딸까 궁금한 여행자에게
그리 크려면 아주 오랜 세월이 필요했음을 알리네.

층층이 내민 가지들 잘려나가
잔잔한 물결로 탑을 올렸네.
소나무 없는 조국을 생각할 수 없듯
쑥 하니 뻗어 올라간 코코넛 나무
인도印度의 진풍경일세.

빵빵, 빠-앙, 빵
띠디-띠...크락션 소리
오토바이와 릭샤의 물결 속에
흘러가는 사람들의 검은 얼굴.
오만가지 과일 행상 리어카가 즐비한 도심
한낮의 거리, 저들은 뭐해서 먹고살까 궁금한 여행자에게

쓸데없는 걱정 묶어두라고 몸을 흔드네
가로수길의 코코넛.

아우랑가바드 가는 길

낯익은 풍경들이다. 끝없이 펼쳐진 들
띄엄띄엄 그늘막 삼을 나무 경계를 나누고
보리인가, 목화인가, 옥수수, 아주까리.
아우랑가바드 가는 인도印度 중부의 전경이여.
마른 개천에, 찌는 태양 빛
하얀 파 꽃이 만개했다.
마을이 보이지 않는 드넓은 광야
농투성이들은 어디로 간 것일까.

소 두 마리가 목도를 한 수레에
사탕수수 가득, 버스 차창을 스친다.
머릿속으로 그리던 인도印度다.
들이 닿은 도시
떼 지어 달리는 오토바이, 릭샤와 트럭과 버스가 한데 엉켜
그 속을 흘러가는 사람들
저들은 어디로 가고 있는가.

아, 아잔타

병풍처럼 둘러싸인 돌 산맥
휘돌아 감싸 안고 흐르는 와고레강
아잔타여.

파내어 기둥을 만들고
천장과 바닥을 만들어 공간을 만들었나니
한 생을 다 바쳤을 석공들.

그 자체가 수행이요, 삶이었을 그때

부처상을 깎아 다듬는 장인이 있었을 것이요
불전을 앉히기 위한 공간을 쪼아냈을
이름 없는 석공이 있었을 것이나

세월 지나 역사는 그들을 기억지 않고
오직
석굴과 조각된 부처와 흐릿한 벽화만을 기억하리라.

그들이 왜, 한 생을 붙잡고
생로병사의 업을 끊으려 했는지

수행과 깨달음이라는 인식조차 없는
스스로 그러했을
무위자연의 道에 이른, 이름 없는 혼들만이

아잔타의 동굴을 떠돌고 있다.

인도를 떠난 부처

후대가 이름 붙인 24번 굴
휘돌아 친 석산의 안쪽 끄트머리에
웅장히 외양을 다듬은 기둥 안으로 들어서는 순간

파내던 돌무더기
기둥을 만들다 만 아랫부리의 바위
바닥을 파내다 멈춘 돌무더기의 끌 자국.

연장을 놓고 떠났을 불가의 후예들이여
석굴에 바칠 그 무엇이 사라진 것일까.

마지막 석굴인 26번 굴에
붓다가 영면에 든 와불 벽화만이
아잔타 동굴사원의 대미를 장식하는구나.

지금은 인도印度의 땅에서 사라진
불가가
힌디의 다신교로 포획되었나니

고향에서 잊혔으나
만인의 부처로 살아난 인간 싯달타여
'다 이루었다'는듯 미소 짓는 열반이여

아잔타의 석굴 속에 영원하도다.

기차역에서

모든 땅의 도시는 번잡하다
들끓는 소음을 끊어내고자 떠나온 자여
너는 무엇을 보았니.

정차한 기차 차창으로 들어오는 소의 혀
그곳으로 들이미는 새까만 손의 구걸
눈길 마주쳐 집요하게 쫓아오는 발걸음

모든 세상의 이치는 번잡하다.
평등과 평화의 가치를 가슴에 새긴 자여
너는 무엇을 보았니.

알량한 베풂으로 위안을 삼거나
떼거리 걸인에게 쫓기지 않으려는 외면이나
네가 할 수 있는 선택은 그 무엇도 바꾸지 못하리니

삶은 그렇게 거리에서
소처럼, 개처럼
나뒹굴고 있을 뿐.

조드뿌르 가는 길

철로를 보면
가슴이 뛰던 소년 시절이 있었지
질리도록 기차로 내달리는 인도 여정.

산도 없고, 뒷산 닮은 지붕도 없는 건물
끝없이 이어지는 들판에
콘크리트 슬래브 평지붕이 닮았다.

겨울 난방이 필요치 않은 건축
기둥과 벽, 계단만 갖추어지면
나머진 색색이 단장하는 일만 남을 뿐.

단순한 집, 원색의 색깔
브라만의 블루, 영국 황세자를 위한 핑크.
그 색색의 창연함 뒤에

화물 열차 칸 시멘트 포대를 짊어져 내리는 맨발 맨손의 인부
새로 까는 철로를 목도하고 있는 노동자
쇠 양푼에 자갈을 퍼 나르는 여인들.

그늘져 보이는 저 오래된 노동
카스트의 거미줄에 걸린
불가촉천민의 생존이던가.
숨어 살 산도 없고, 숲도 없는
사막과도 같은 들이여, 도시여.

낙타와도 같은 생이여.

거스르지 말지어다

힌디의 땅 인도 북부 라자스탄주
옷매무시만 보아도 이슬람일 것 같은
조드뿌르 궁성.

코끼리 병단의 진격을 가로막는
일곱 개의 꺾어진 길을 지나
돌산에 돌을 놓아 쌓아 올린 고도.

벽돌처럼 쌓아 올린 성곽의 미려함이여
조선의 목공이 보았다면
'돌을 나무처럼 다루었네' 감탄했으리.

성을 쌓은 이들이
조선의 궁을 보았다면
'나무를 돌처럼 다루었네' 했겠지.

수천 년을 이어 온
그 땅의 자연이
스스로 그러하게 만들었음을.

어느 땅, 어느 곳
자연이 만들지 않은 역사는 없나니
거스르지 말지어다. 신자유주의여.

印度인도-人道인도

한산해진 밤의 여행자 거리
거리의 식당 여기저기
소들이 한 끼의 저녁을 위해 배회한다.
군데군데 쓰레기 더미를 헤집는 저놈들은
길거리 개들이 아니던가.

새끼 딸린 어미 소 길을 잡고
일가를 이룬 소들이 줄지어
여행자 거리를 지나간다.
스크린에 제목이 올라가며 아련히 시작되는
영화의 한 장면처럼.

여기 印度 맞다

개들이 소처럼 느릿느릿 걷는다
지켜야 할 주인도, 외부의 침입자도 없다.
배를 깔고 누워
소처럼 머리를 바닥에 붙이고.

그 한편, 노숙자들이 누워있다
그렇게 누운 걸인들의 거적이
천막 쳐진 노점의 리어카처럼
밤을 맞는다.

소가 개인지, 개가 소인지
인간이 소인지, 개인지
경계 없는 땅
그 땅을 배회하는 여행자들.

여기, 人道 맞다

바람의 궁전

위대한 왕 마하라자
자이뿌르 궁전의 후원에
왕실의 여자들이 거하던 곳.

성벽처럼 쌓아 올린 폐쇄된 공간
바람구멍만 가지런히
쪽창으로 세상 구경 숨통을 텄으니

바람이 일어, 마음이 흐르는 강
구멍 난 마음으로 세상과 통하는
여인들의 궁전이요

밖은 좁고 안은 넓어, 선풍기처럼 일으키는 바람
밖에선 보이지 않고, 안에서만 보이는 마술 같은
바람의 궁전이요

지금껏
거리를 활보하는 팔 할이 남자인
오늘의 인도

어엿이 거리를 활보하는 여인들은
바람처럼 세상으로 나오고 싶던
그들의 후예인가

섬세함으로 조각된
미려한 아름다움의 치장을 걷어 내라.
人道여.

印度여
안은 작고 밖은 넓은 구멍으로
여인이여, 세상으로 몰아쳐라.

낙타

코뚜레
운명의 줄에 농락된
무릎 꿇린 낙타여

너는 어찌하여
그 긴 사막 길
인간에게 포박당했니

짊어지고 가는 무게만큼
네 생도 무겁구나.

꿰인 줄도 모르는 코뚜레
스스로 줄에 매달려
지가 움직인다 믿으며 무릎 꿇린 인간이여

너는 어찌하여
그 긴 한생
자본과 권력에 포박당했니

살아지는 세월만큼
네 생도 무겁구나.

사막에서 맞는 아침

바람도 없는 고요
찌는 햇빛
습기를 빼앗긴 생명 있는 모든 것
가볍구나.

그래, 모래구나
부서지고, 빠셔지고
세월 바람에 흩어져
모래 언덕이 너울너울

사막의 별
근사한 배경 아래 밤이 깊더니
뜨거웠던 만큼
더 차가워진 새벽녘

나는 오늘
시린 아침을 사막에서 맞고 있다.

반얀트리

오로빌에서 보았던 반얀트리
아그라 타지마할에 어리네.

내뻗은 가지에 뿌리가 내리더니
줄기가 되어 땅으로 파고든 제후 나무
그렇게 수많이 원을 그리며
성을 이루던 반얀트리.

나무 한 그루로 뻗어 나가 작은 성을 이룬
제국의 나무여
텅 비어 유적이 된 마하라자의 성들에서
흥망성쇠의 덧없음을 보았느니

영원할 듯하여도
너 자신으로 인하여 소멸을 맞으리니
역사의 반면교사로 삼을지어다.

뉴델리의 아침거리에서

꾸역꾸역 밀어 넣었다.
먹는것의 소중함이여.

지천으로 나뒹구는 쓰레기와
밀물처럼 다가오는 인간 군상
썰물처럼 싸한 밤거리

한 달 여정의 종지부를 찍는 아침
차이나... 제페니스...
노-노, 코리아. 사우스 코리아.

이제 하룻밤이면 익숙한 삶으로 귀환이다.
봄비, 꽃샘추위, 구름과 비, 장마
청명한 하늘, 갑작스레 닥쳐온 겨울, 그리고 눈

낯섦이 준 익숙함의 그리움
사막을 건너 낙타의 등에서 내리는
정착민의 사파리.

나, 이제 돌아간다.

II
북인도, 네팔을 가다.

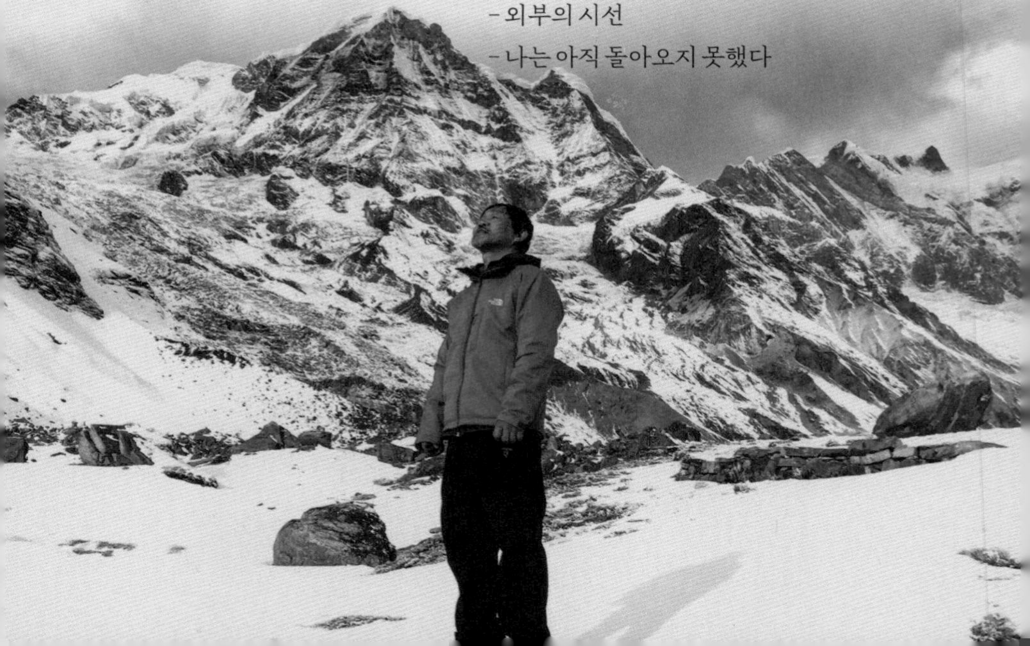

비행

하늘 바다에 떠 있는
빙산
강을 건넌다.

구름 아래 아스라이 보이는
차량의 불빛들
손바닥만 한 지구의 어디쯤을 지나는 것일 테지.

내려다본 삶은
아무것도 아닌 것을
정말. 아무것도 아닌 것을.

다시 만난 인도

그냥 그렇게
하루의 삶에 값하듯
밀려가는 사람들.

매캐한 연기 속을 질주하는
버스와 트럭
그 사이를 누비는 오토 릭샤와 사이클 릭샤.

시궁창과 쓰레기 더미 사이를
무심코 헤치고 지나가는 무표정한 얼굴들
알 수 없는 깊이가 되어
두려움과 호감을 넘나들게 한다.

MOTHER HOUSE

대영제국의 식민 수도였던 캘커타
그들이 육성한 인도 지식인들의 저항에
캘커타를 버리고 델리로 갔으니
인도인은 캘커타를 버리고
'꼴까따'라는 옛 이름을 되찾았다.
쓸모가 없어지면 내다 버리는
권력과 자본, 제국의 유물로 남은 꼴까따.
낡은 건물 천지 사방으로 펄럭이는 천막만이
살아야 하는 민초들의 몸부림으로 출렁인다.

80년대 서울, 청계천을
수십 개 겹쳐놓은 모양의 골목을 지나
MOTHER HOUSE를 향한다.
상처뿐인 영광의 도시
신음하는 이 땅에
혼자의 몸으로 온 테레사 수녀.
가난한 자 중에서도 가장 가난한
아프고 병든 자 중에서도
가장 아프고 병든 자에게 내민 손길이
MOTHER HOUSE가 되었네.

성벽처럼 고요한 건물 안의 미사가 끝나면
도로 옆 철문이 열리고
수십 명의 자원봉사자가 쏟아져 나온다.
버스를 두 번 갈아타고 도착한 NABO JIBON
뇌성마비 중증에 천애 고아인 성년들
해바라기 하며 빙 둘러앉은 그들의 얼굴이 겹쳐오며
좌우로 고개를 흔드는 걸 멈추지 않는 애 띤 '존' 옆에 앉는다.
자본주의는 그들을 버렸고
사회주의는 그들을 관리했으나
MOTHER는 사랑의 이름으로 행했네.
'사랑은 봉사라고, 봉사는 평화라고'.

그 어느 때에나
사회와 국가가 책임지지 못하는 가장 낮은 곳
바로 그곳에 종교가 거해야 함을
MOTHER HOUSE는 증거하고 있는지 모른다.

가르침은 없고 형상만 남았으니

꼴까따의 번잡함과 번뇌에서 벗어나
숨통 트이는 보드가야의 평원은 여행자의 안식처
붉은 승복을 입은 티베트 승려들의 물결을 따라 걷는다.

업과 윤회의 고苦를 끊고자 했던 싯달타가
보리수나무 아래서 깨달음을 얻었다는
마하보드. 스투파塔 사방에서 울려 퍼지는 암송과 오체투지.

고통의 근원은 어디에서 오는가
어리석음에서 온다.
카스트를 뿌리로 한 끝없는 업과 윤회
그 고리를 끊고자 했으니

모든 인간은 평등하며
누구나 깨달음을 통해
생生의 고苦에서 벗어날 수 있다는 위없는 깨달음을 얻은 자.

신에게서 벗어나 진정 인간이고자 했건만
그 자신, 신의 반열에 올랐으니
기어코 형상을 지어 절하는 속인들의 마음이여.

무엇을 그리 빌고 또 빌어야 하는가.

갠지스 1

끝없는 행렬을 따라
밀려가다
안개 자욱한 물빛을 만난다.
여기구나. 갠지스
무엇이, 사람들을 이곳으로 불러 모으는 걸까
호수처럼 잔잔한 물
그리 넓지 않은 강폭 양쪽에 진을 치고
성스러이 몸을 담그는 남녀노소의 의식.

안개 속 잠긴 강물에
매캐하게 타오르는 화장터의 연기
죽음의 강을 건너는 노 젖는 배들
뒤를 따르는 갈매기 떼
몽롱한 천계의 세계를 보듯
촛불에서 시작해 횃불로
향의 연기와 함께 퍼져가는 미몽迷夢
영靈을 깨우는 방울 소리
그 모두가 하나로 연출된
파노라마로 흐른다.

흐르고, 흐르고 또 흐르는
강물처럼
태어나 늙고 병들어 죽는
끝없는 순환처럼
우주의 순행은 그렇듯
미망未亡의 세월인 것을
고단한 삶 내려놓고
영생의 길로 들어가려는 구도의 기원이여.

갠지스 2

개의 구걸과
사람의 구걸이 다르지 않고
누운 개와
누워있는 사람이 다르지 않은
그러려니 받아들인 삶의 바닥처럼
강은 어두웠다.

그때
외할머니가 즐겨 부르시던 찬송가 소리가 들렸다.
'요단강 건너가 만나리......'
갠지스가 요단강으로 변했다
외할머니는 강을 건넜으리.

단추 하나 잠긴 겉옷을 걸치고
주저앉아 움직이지 못하는 개를 보는 순간
불구이던 어미를 보았다.
삼십 년을 앉은뱅이로, 그후로 십 년을 누워 보낸
업을 끊고 피어난 한 송이 연꽃.

아비는 어디에 있을까
아직
강가 어딘가를 서성일 것만 같아
발걸음이 떼이지 않는다.

헛되고 헛되도다

국경 하나를 넘었다. 인도와 네팔의 경계
소음과 매연, 온갖 쓰레기와 악취가 사라졌다.
산악 국가로 알아 온 네팔로 들어선 여행자에게
룸비니는 평원이었다.

아! 숲이다.
세상 속 광야의 오랜 방황 끝에
집에 돌아온 탕아마냥
룸비니는 그렇게 고향 어머니 땅이었다.

천상천하 유아독존 天上天下 唯我獨尊 이라
생로병사의 고 苦 를 끊고자 세상으로 나섰던
싯달타의 탯줄이 묻힌
불자들의 성지.

잘 가꾸어진 호수와 나무 길을 지나
여정에서 몸을 기대 태어난 작은 집터의 흔적
후대의 누군가 심었을 보리수나무 아래
수없이 절하는 한 무리의 불자들.

각국의 사원 구역
높이, 높이 더 높이
위엄을 자랑하며 키 높이 하는 가운데
모든 나라의 부처들이 비웃고 있네그려.

다 쓸모없는 짓이라고
어리석음에서 벗어나라 했건만
공 空 은 없고 색 色 만 따르는
어리석고 어리석음이여.

유년의 기억

닮았다. 포카라 호수
고향마을 저수지 가에 앉아
낚시하던 어린 날의 기억.
야트막한 산으로 둘러싸인 고요함이 좋아
마음을 내려놓으려 다다른 길.
비포장, 하루 서너 번의 버스가
남기고 간 먼지 속에서도
하염없이 걷기 좋았던 그곳.

가뭄에 쩍쩍 갈라진 저수지 바닥을 걸으며
인생의 고단함을 어렴풋이 느껴가던 때
공장들이 하나둘 개천을 따라 들어서고
물이 시커멓게 죽어가던 때
배를 드러낸 물고기들이 썩어 가는 것과 동시에
대학교가 들어서고, 아파트가 들어서고
잠깐 고향을 떠난 사이
고가에 전철이 오가는 도시가 되었어.

내 고향길도 헤매는 복잡한 시절에
떠나왔네.
사십 년의 세월을 되돌리는 고향 마을
나, 이곳에 살고 싶어. 포카라.
돌아가고 싶구나. 내 유년의 그 시절.

천년의 숨결

포카라에서
안나푸르나 베이스캠프 오르는 첫 지점
나야풀까지
꼭꼭 쟁여 태운 버스가 굽이굽이 돈다.

식민의 역사가 없는 네팔은
기차가 없다.
높은 산과 깊은 강줄기가
산천을 지켰구나.

보이는 산자락마다 층층이
층층이 흘러내린 다랑논
농터를 만들기 위해 돌을 고르고
그 돌로 담을 쳐 물을 가둔 논

대대로 이어졌을 생의 억겁을 본다.
문명 이전의 삶이여
태초 인류의 심장이여
천년의 숨결이여.

길이란

깊어져 간다. 물소리
굽이굽이 돌아간다.
올랐다 싶으면 내리막길
내려 보고 올려 보길 몇 번이던가.

잠시 잠깐의 흙길을 만나는 건 쉼
돌로 단을 놓고 판석으로 만든 계단
하나하나 오르며
길을 생각한다.

저 멀리 산허리에 듬성듬성 집들이 있다
집과 집을 잇는 길이 생겼을 것이고
마을과 마을을 잇는 길이 만들어졌을 테지.
세상으로 통하는 길도 필요해졌을 것이고

얼마의 세월로
이렇듯 촘촘하니 짜인 삶터가 되었을까
길은 가는 것인 줄만 알았는데
길은 잇는 것이로구나.

집과 집을, 마을과 마을을
사람과 사람을, 세상과 세상을
잇는 것이로구나.

나를 만나러 가는 길

아스라이 마차푸차르가 보인다.
나의 영靈을 만나러 가는 길.

솟아오른 돌산
깎이고 깎인 결, 그 결 따라 골, 골 따라 물이 흐르는
수직 벽화가 사방을 둘렀다.

내 속도 어느새
저렇듯 솟고 날 섰으니
결 따라 골, 골 따라 숨은 눈물이 흘러내린다.

혼자 남겨지기 싫은 두려움과
함께하며 겪는 불화에 멍든 가슴
속을 다 내보일 수 없어

다른 이 몰라도
내 아픔 어디서 연원하는지 나는 알기에
너를 용서하고 싶다. 화해하고 싶다.

큰 산은 그리 쉽게 입산을 허하지 않나니
나여,
너는 어디에 있는가.

작고도 작구나

밤하늘에 수놓은 별 마중하며 떠오른 햇살
안나푸르나 남쪽 영봉 산 허리께 샛별 걸려 넋 놓고 있으니
동쪽 안나푸르나가 구름을 벗고 내게 온다.

손에 잡힐 듯…. 가슴이 벅찬가.
허전한 이 마음은 무엇이란 말인가.
거대한 설산이 떡하니 버티고 서 있을 줄 만 알았는데.

이걸 보자고
죽을 둥 살 둥 올라왔던가.
숨이 턱에 차고, 파르르 떨리는 다리를 끌고 왔건만

아! 그랬어.

히말라야 한 봉우리밖에 안 되는 이곳
길이 험하고 깊었기에
산 전체를 보지 못했네 그려.

베이스캠프가 목표였지
산이 아니었던 게야.

작고도 작구나. 안나푸르나여
나는 결국 온전한 나를 만나지 못했네.

내려오며 본 삶

산 허리께 위태로이 박힌 집과 집
그 주위를 빙 둘러싸고 있는
흘러내릴 것만 같은 다랑이 논밭

올라가는 길의 풍경은 분명 그랬소.

손바닥만 한 농터에
삶 줄을 매고 사는 이들의 애달픔에
가슴이 저렸었소.

내려오며 본 풍경은 달랐소이다.

길옆 다랑논에 보리 이삭이 패고
노란 유채꽃이 흐드러지게 피었지 뭐요.
감자밭과 채소밭은 싱그럽기까지 했소이다.

두세 걸음밖에 안 되는 폭의
다랑이 논밭 층층이 열매 맺는 저 곡식은
충분해 보였소. 넉넉해 보였소.

아주, 아주 커 보였다오.
올라가며 볼 땐 궁색했던 것들이
내려오며 보니 참으로 삶터이더이다.

남루한 화덕 두 개에서
끓이고, 볶고, 튀기고 저녁 성찬이 나왔지요.
화덕 주변을 서성이는 여행자에게

싯 다운. 노 프라블럼
아궁이에 불 지피며 밥을 짓던
외할머니처럼 아주 따듯했소.

닿은 곳

산간벽지를 헤매다 만난
까마득한 옛 기억 속의 어머니
당신을 만납니다.

깎아지른 벼랑 위의 평원
공장 굴뚝 하나 없는 원형의 마을이여
아주 오래된 미래를 만납니다. 바굴룽.

건물과 건물 사이 공터
건물 하나 들어갈 자리에 열 개의 교실이 다닥다닥
먹고 살길 없는 아이들의 배움이 안타까운 현실을 만납니다.

고향 떠나 도시로
일자리 찾아 외국으로 나가야 했던 조국의 아들딸들
근대화 이전의 대한민국을 봅니다.

닮아서, 너무 닮아서
다 떠나고 텅 빈 산천만 남을 것 같아
늙은 아비 어미의 혼만 떠돌 것 같아

두렵고 두렵습니다.
그대로 영원할 수는 없는 것인가요.
나-여기, 남고 싶소.

다리

길이 끊어진 곳에
다시 길을 연 것은
'다리'였소.

건널 수 없는
강을 넘어 길을 이은 것도
'다리'였소.

발자국이 쌓여 길이 되듯
길과 길을 이어야 하기에
'다리'가 만들어졌겠지요.

길과 다리가 하나 되어
다시 길이 되는 일.
그대, 세상에 다리 하나 놓고 가지 않으시려오.

아프다

신발 끈 서너 번 풀린 아이에게
다시 묶으라
인생도 그렇게 풀어헤치고 가려느냐
채근하니
신발 끈하고 인생하고 무슨 상관이냐
끈이 풀리든 말든 상관하지 마라

그렇게 해야 네가 강해 보이지
또박또박 말꼬리 잡으며 희열을 느끼지
그래야 세 보일 것 같지
오십 넘은 선생은 바들바들 떨며
아이와 대거리를 합니다.
산을 오르며 인생을 어찌 살지 고민하게 되었다고
허세 부리지 말고 신발 끈 다시 묶으라.

아픕니다. 아이들과 부딪힐 때마다
가슴에 찬 바람이 붑니다
이렇게 아픈데, 아이는 아무 일 없단 듯이
웃고 장난치며 일상을 보냅니다
그런데 그놈은 더 아파 보입니다
웃고 있어도
속으로, 속으로 울고 있겠구나 싶습니다.

모두가 아픕니다
어디에서 연원한 아픔인지는 사연이 다 다를지라도
모두가 아픕니다
그 어미도, 아비도, 선생도
모두가 아픕니다.
아프다는 걸 고백해야 방법이 나올 텐데
아픔을 숨길 수밖에 없는 우리 모두가
너무 아픕니다.

그 고백 받아 줄 이 없기에.

외부의 시선

버스길은 아니고
걷자니 고단한 길
사이클 릭샤에 몸을 싣는다.
배낭 두 개, 장정 둘
머리 희끗한 운전자는
선 채로 페달을 힘겹게 밟는다.
오르막길, 송골송골 맺힌 땀방울
훌쩍 뛰어내려 사이클 릭샤를 미는
여행자의 마음은 아리다.

안나푸르나 오르는 길
여행학교 아이들 모두 자기 배낭 질끈 메고 오르는 길
다른 여행자들이 가이드와 포토를 앞세우고
가볍게 오르내리는 모습을 본다.
깊은 바구니에 가득 실린 짐
배낭 두 개를 겹으로
짐 꾸러미 끈을 이마에 동여맨 포터.
미안해하지 마세요
이게 우리 밥벌이예요 하듯
사람 좋은 웃음으로
'나마스떼'를 나지막이 조아리는 이들
여행자의 마음은 또 아리다.

나는 아직 돌아오지 못했다

여행은
떠나고, 만나고, 돌아오는 것.
변화된 자기로 돌아오는 것이란
당신의 말씀.

일상의 감옥에서 떠나
사람을 만났고, 산을 올랐고
자신을 보았습니다.
무언가 변화된 것도 같습니다.

그런데 왜, 아직도 헤매고 있는 걸까요.
나는 아직 돌아오지 못했습니다.

성장과 소비의 덫에 걸린
도시의 욕망에 고개를 돌렸고
자본에 저당 잡힌
밥벌이의 경로에 주저앉았으며
신에게 저당 잡힌
인간의 나약함에 발길을 멈추었습니다.

이 여행길
언제쯤 돌아올 수 있는지요

III
겨울의 심장,
바이칼

- 선물
- 시원 始原 에서의 기도 祈禱
- 관해난수 觀海亂水
- 상선약수 上船若水

선물

춥다. 내 마음이 시베리아라
얼마나 추울까
겨울의 심장이란다.

바다도 얼어버린
블라디보스톡 항구를 뒤로하고 떠난 열차가
시베리아 벌판을 가로지른다.
이르쿠츠크 – 바이칼 호수에 닿는 길

몇 시간을 이리 가고 있는가. 몇 날이던가.
시時 · 공空을 가늠할 수 없는 아스라한 여정
그 깊고도 깊은 생각의 끝 모름.
'나'가 없는 세상이여.

떠남은 욕심을 비우는 여정이라
욕정과 욕망의 놓여남이야말로
일상의 단절이 내게 준 선물

시공時空의 비움이
남은 시간과 몸 뉠 공간의 넉넉한 채움이 되리니
'나'로 돌아갈 날들이여.

시원 始原 에서의 기도 祈禱

야트막한 돌담 산울타리 둘러친
바람 골 안에 숨은 대륙의 바다
풍요로운 호수라는 이름의 바이칼.

무표정한 하늘, 희끗희끗한 땅
북풍한설 견뎌 키 작은 나무
야트막한 바위섬들이 병풍처럼 두른 호수여

대륙의 끝자락 한반도처럼 빙하 건너 닿은 알혼섬
알혼은 부리야트어로 '나무가 없는'을 의미한단다.
호수의 풍요로움과 나무가 살 수 없는 황량함

진득하니 사람 살 곳 아니니
세르게의 휘날리는 오색기 뒤로하고
말 달려 떠났을 몽골, 시베리아 유목민의 고향이여.

발길은 바람 따라 남으로 남으로 흘렀나니
장승과 솟대와 샤먼의 흔적
대륙의 끝자락 반도에 이르렀나니

대륙의 사내와 해풍에 실려 온 여인네가 살림을 차렸으니
북방의 말 달리던 기개와 남방의 자유분방함이 만나니
대륙과 해양으로 내 뻗은 천혜의 땅 한반도일세.

지금은
갈라져 섬이 되어버린 내 조국
샤먼의 성지 부르한 바위에서 읍소하나니

어머니여.
불구된 어머니여.
온전히 두 발로 걷게 하소서.

관해난수 觀海亂水

떠나올 땐 오롯이
벗어난다는 해방감이 있지.
밥벌이에 매달린 삶, 불편한 인간관계
그 일상의 전복이거니.

돌아올 땐 오롯이
익숙한 것들의 낯설게 다가옴에 대한 설렘
지겹지 않은 밥벌이와
충만한 인간관계를 꿈꾸지.

한겨울의 시베리아는 다르더군.

시작이 어딘지, 끝이 어딘지
시공時空의 의미조차 희미해져 버리는 칼바람 속에
넓고도 넓은 광대한 세상을 만났네.
초원과 자작나무 숲, 유럽 소나무와 시베리아 잣나무를 잇는
스텝과 타이거 숲 냉대림의 끝없는 펼침을 보았네
인도의 열차 안에서 보았던 들판과는 또 달랐어.

수천, 수만의 기억을 간직한 땅.
지금 보는 저 숲은 고작 삼사십 년 된 나무들이라는군.
땅 밑은 얼어 뿌리를 깊게 내리지 못해서라네.
그렇게 피고 지고 한 세월 속에 지금 저 모습이라니
산불이 휩쓸고 지나가면 어디에선가 또 씨앗들이 날아와
자연스레 그 땅을 채웠으리.

'내'가 '인간'이 세상의 주인이었거늘
시베리아는 '자연' 그 자체로 우주였네
生과 死, 肉의 고뇌가 모두
한 점 스치고 지나가는 바람이더군.

上善若水 상선약수

바이칼은 제주도 땅의 17배 면적이요
한반도 전체 면적의 7배라는 이르쿠츠크
시베리아는 77배란다.

우리가 참, 작은 땅에서 아등바등 사는구나.

말을 묶던 기둥인 세르게에 펄럭이는 오색기
세차게 흘러가는 강물은 호수로 향하는지 알았다.
호수는 고이는 물이 아니던가.

하지만 저 강물은, 앙가라 강은
3000km가 넘는 에니세이 강에 닿아 북극해로 향한단다.
호수가 다시 강물이 되어, 바다로 흐른단다.

336개의 강물을 품은 바이칼이 단 하나의 강줄기로 흐르니
폭풍 한설 시베리아 한복판을 가로질러
얼지 않는 강이 되었구나.

우리가 참, 우물 안 개구리로 살았구나. 갇혀 사는구나.

하방연대로 흘러들어 호수가 되고
다시 하나의 강물로 나가 바다를 이루는 꿈
그래, 최고의 생은, 최상의 역사는 '물'과 같다 하는구나.

바이칼 호수여. 앙가라 강이여.

이동일산문집

낮달
한옥 건축가 이동일의 세상짓기

초판 1쇄 인쇄 2021년 4월 20일
초판 1쇄 발행 2021년 4월 24일

지은이 이동일
북디자인 이명림
교정·편집 최미숙·이명림

펴낸곳 논형
펴낸이 소재두
등록번호 제2003-000019호
등록일자 2003년 3월 5일
주소 서울시 영등포구 당산로 29길 5-1 삼일빌딩 502호
전화 02-887-3561
팩스 02-887-6690
ISBN 978-89-6357-248-2 03810
값 16,000원